L'ANCÊTRE EN SOLITUDE

SIMONE ET ANDRÉ SCHWARZ-BART

L'ANCÊTRE EN SOLITUDE

roman

ÉDITIONS DU SEUIL
*25, bd Romain-Rolland, Paris XIVe*

ISBN : 978-2-02-122664-5

www.seuil.com

À Bernard et à Jacques,
nos deux maillons de la lignée Solitude

Ils ne savaient pas que c'était impossible,
alors ils l'ont fait.

Mark Twain

Avant-propos

Dans un de ses carnets, André Schwarz-Bart écrit : « Impression que toute vie laisse aussi peu de trace que si elle s'était déroulée dans l'imagination. »

Un voile de brume nimbe cette existence qui s'est silencieusement déroulée derrière le miroir. Cependant les traces existent bel et bien, et elles sont la raison même de cet avant-propos.

Quand l'ange de l'Histoire chante devant Dieu, il chante avec son propre chant, celui de son peuple, et il ne peut chanter qu'une fois. Paraît alors *Le Dernier des Justes*, avec le succès que l'on sait. Dans ses carnets de l'époque, cette note : « Il ne s'agit pas d'un roman sur la Shoah, mais d'un roman sur la nature humaine à propos de la Shoah. »

Autre fragment : « Tous les hommes sont mes

semblables, quel que soit leur âge, sexe, race, temps historique, culture, etc. Et je suis le semblable de tous. Lâche, je suis le semblable des héros ; courageux, je suis le semblable des lâches. »

Nous nous sommes rencontrés courant 1959. Il avait remis au Seuil le manuscrit du *Dernier des Justes*, et avait déjà en tête le projet antillais. Je n'ai jamais su de quel pays venait l'homme que j'avais épousé. Était-il Juif ? Noir ? Français ?... Il débordait de partout, c'était une âme totale, éprise de l'Univers.

En 1967, paraît *Un plat de porc aux bananes vertes*. L'ange revient avec un chant nouveau, un chant à deux voix, que personne ne reconnaît, pas même Dieu. C'est l'histoire d'*Un plat de porc aux bananes vertes*, c'est l'histoire d'un blasphème... comme si nous avions inventé la vieillesse et la mort. C'est l'époque du *no problemo*, l'horreur est là : « Plaquer le masque de la vieillesse sur les visages présents. Arracher ce masque aux vieillards pour découvrir leurs visages passés. » Nous nageons alors dans le jeunisme : c'est l'air du temps.

Je ne détricoterai pas notre travail, et sur notre collaboration, je ne donnerai pas d'explication à ce qui s'est fait sans explication.

Les six volumes du cycle antillais étaient écrits, non pas tous dans leur phase terminale, mais ils étaient tous posés. À l'époque, j'écrivais *Pluie et vent sur Télumée Miracle*. J'étais en mal d'Ancêtre. Je ressentais une béance et notre histoire n'en finissait pas de me manquer. J'avais besoin de cette histoire secrète des vérités originelles, et j'étais moi-même incapable de l'écrire. Et c'est sur ce besoin absolu que la décision de publier *La Mulâtresse Solitude* a été arrêtée. Le livre paraît en 1972, et c'est une rupture dans le déroulement prévu du cycle. Il paraît à la grande époque de l'« intimité ethnique ». C'est le lynchage : le procès en légitimité. Un seul témoignage amical et chaleureux : deux lettres de Léopold Sédar Senghor. En voici un passage : « Le problème que vous posez dans votre roman est, à mon avis, le plus grand problème de cette deuxième moitié du XXe siècle : le problème de la symbiose des races et des civilisations. Malgré tous les progrès réalisés par la Civilisation industrielle, qui a pris naissance à la Renaissance ; à cause, précisément, de cette civilisation, le problème du métissage se pose – avec la surrection de la Négritude, la résurrection de la Judéité et de l'Arabité. [...] Je suis sûr que cette symbiose est nécessaire à la Civilisation de l'Universel, qui s'élabore, présentement, sous nos yeux – si elle veut, véritablement, se réaliser. »

Mais il est trop tard. André Schwarz-Bart pense que ce livre n'est nécessaire à personne. Et il entre en silence sans explications, sans hésitations, sans explosion. Il est abîmé, étrillé, ostracisé. Je sens bien que la blessure est irréparable et que je n'y peux rien.

Parfois, il convoque notre fils Jacques ou moi-même et nous dicte notes, projets, scénarios, etc. ; mais nous avions bien compris que pour lui, il ne serait jamais plus question de publier. André décède en 2006.

En 2009, paraît le premier inédit de la veine juive : *L'Étoile du matin*. C'est un hymne à sa mère, un caillou blanc posé sur une tombe :

> « Conversation :
>
> – Heureusement que ce monde a une fin : un jour les étoiles refroidiront, l'obscurité même ne sera plus, et il n'y aura personne pour se souvenir de cette planète, avec ses femmes, enfants, animaux, etc. Tout sera effacé : c'est une consolation. Tout sera innocent et pur comme avant la Création. Tout sera comme si rien n'avait été : néant.
>
> – Ah moi je trouve ça dommage : mon cœur se déchire en pensant à ma mère brûlée à Auschwitz, et pourtant, quand je me souviens d'elle, en même temps que la douleur, intacte, je ressens de la reconnaissance envers ce qui a produit un être de cette qualité : Dieu, Diable, ou simplement nature.

Une reconnaissance infinie, plus vaste que tout le mal qui se tient dans le monde, qui se confond avec le monde, peut-être... »

Mais les temps changent, le ciel n'est plus le même et aucun cosmonaute n'a vu Dieu. La mondialisation est là, nous éloignant chaque jour davantage de nous-mêmes. Quelque chose nous manque : besoin de se réapproprier l'héroïsme des braves, mais aussi celui des « presque-rien », de ces *lamed-vovnik*, ces justes silencieux qui s'ignorent eux-mêmes. La mémoire collective a besoin de réinventer le passé pour se l'approprier. « Le récit [...] est l'un des plus puissants moyens que nous ayons pour communiquer notre vision de l'expérience humaine et [...] à ce titre, la fiction est un moyen supérieur de connaissance[1]. » C'est vrai, un livre n'est nécessaire qu'une fois écrit ; avant, il ne manque à personne. Solitude apparaît alors comme le symbole des temps nouveaux, de ce métissage planétaire qui colore le siècle. Sa statue trône dans la ville des Abymes au boulevard des Héros.

Aujourd'hui, ce travail apparaît plus actuel que jamais. L'ennemi n'en finit pas de triompher : c'est

1. Jean-François Billeter, *Leçons sur Tchouang-tseu*, Allia, 2002.

désormais haine contre haine, douleur contre douleur, comme s'il pouvait y avoir une fierté à être une victime plus parfaite qu'une autre. La posture de dignité semble difficile à trouver.

Quant à moi, après *L'Étoile du matin*, je pensais retourner au silence... Avec malgré tout un sentiment de mélancolie infinie : la perte irrécupérable de cette exaltation qui nous habitait au cours de l'aventure, tout ce travail perdu... nostalgie.

C'est alors que je reçois un coup de fil de Francine Kaufmann depuis Jérusalem. Elle m'annonce sa visite et son refus de croire en la destruction complète du cycle antillais. Elle s'installe dans ce bureau-bibliothèque et commence sa chasse au trésor. Elle est pugnace, minutieuse, acharnée : elle a une méthode. Ainsi jour après jour, projets, feuillets, notes, journal, brouillons, le fonds de travail se reconstitue avec des passages manquants, des versions différentes, mais le cycle antillais est là, de nouveau. Et je tombe sur cette note : « Avant de partir, brûle tous les manuscrits, y compris les six volumes de Mariotte. Son chagrin d'avoir tué Mariotte : se saoule. » Je suis bouleversée, je suis dans la résurrection. L'envie d'écrire m'envahit, et je me retrouve dans la spirale infernale des temps décalés. Mais un obstacle de taille plane sur tout le projet et me paralyse. La majeure partie de ce fonds est manuscrite et je ne tape même pas d'un doigt. Il y a des milliers de pages, je suis submergée par l'ampleur de la tâche, et peut-être bien que ces écrits resteraient encore lettre morte sans l'aide ô combien précieuse d'Élie Duprey. Ce brillant jeune homme me propose alors d'être à mes côtés, en Guadeloupe, pour mener à bien ce projet de parution. Il quitte Paris pour le bureau-bibliothèque de Goyave, lisant, jour après jour, relisant, tapant, discutant, réactualisant tout ce travail perdu et retrouvé.

Telle est l'histoire de *L'Ancêtre en Solitude*. Telle est aussi notre histoire, celle que nous partageons André et moi depuis la sortie d'Égypte, celle que nous vivons présentement avec la résurrection de Mariotte. De Mariotte ? Note : « La vieille est moi et je suis elle. Ce qui vaut pour l'un vaut pour l'autre. Ma philosophie est la sienne, et recherchant ce qu'elle pense je découvre le fond de mon cœur »... Peut-on vivre deux fois ?... Et si vous me demandez : « Simone Schwarz-Bart, croyez-vous au miracle ? », je vous répondrai : « Ce n'est pas moi qui crois au miracle, c'est le miracle qui croit en moi. »

Extrait du Journal de Marie

Quand je songe à cette vaine énormité d'efforts accumulés depuis un demi-siècle pour m'approprier le Verbe des blancs – ce qu'ils nomment leur culture : maigre et banal savoir enseveli sous une montagne de mots –, alors me console seulement l'idée vengeresse de la mort qui abolit tout : hommes et croyances, illusions, symphonies impérissables de gloire et jusqu'au souvenir – bref lamento – des plus cuisants désastres de l'esprit. Et je me grise à la pensée de tous ces millions de livres rendus à la même poussière que leurs créateurs – un jour. Et je vois distinctement la planète glisser de son orbite, pour s'abîmer dans le soleil. Ou bien je l'imagine – non sans une hypocrite pitié – petite boule vieillotte, chenue, rabougrie, livrée à tous les avatars de l'espace et du temps, sans souvenirs aucuns du bref passage de la vie sur ses flancs refroidis. Même, tout dernièrement, étant alitée des suites d'une chute dans la neige, il m'est arrivé à plusieurs reprises d'écouter avec plaisir la conversation des atomiseuses. Il était beaucoup question du franchissement de la ligne aérienne du Yalu si les volontaires chinois ne cessaient pas de déferler sur la Corée du Nord. Il y avait une atmosphère de fête paroissiale. On parlait neutrons, positrons, champignons, slips atomiques, Rita Hayworth, pollutions nocturnes, écartèlement des terres, ébullition des eaux, lèpre, brusque choc des sphères et trompettes du Jugement dernier. Ce seraient les hommes et les femmes, les grands et les petits, les beaux et les laids, les enfants et les vieillards confondus dans une même inhalation de Dieu ; et ce serait l'égalité – enfin.

Et je me suis surprise, toute honteuse, à émettre le même souhait ; comme si ce n'eût pas été de trop de la destruction de toute l'humanité pour dissoudre la dérision de tant d'efforts voués au néant.

Dans les années qui suivirent la victoire sur les esclaves, de nombreux émigrés rentrèrent en Guadeloupe pour y récupérer leurs biens ; mais beaucoup ne s'y attardaient point et revendaient pour s'expatrier en Louisiane, en Martinique, à Cuba, ailleurs… de sorte qu'un marché important se tenait à cette période, où les planteurs martiniquais et des chargés d'affaires métropolitaines se précipitaient sur les terres et les biens des morts vendus à vil prix. Trois semaines après l'exécution de la Mulâtresse Solitude, sa fille fut vendue en l'entrepôt Saint-Louis de Basse-Terre. De par la loi romaine qui veut que l'enfant suit le ventre, elle appartenait aux héritiers du marquis de Dongeon qui avaient requis maître Lecœur, notaire, pour liquider au mieux tous les biens. Mais quand l'enfant fut proposée à la vente, personne ne se manifesta ; les enchères déclinaient, quand une certaine madame de Montaignan leva le bras à l'étonnement de toute l'assistance.

C'est avec une certaine tristesse qu'il me faut évoquer madame de Montaignan, qui obtint à si bon compte mon aïeule Man Louise.

J'ai tant haï autrefois madame de Montaignan que j'en ressens encore aujourd'hui une certaine honte. Je me souviens du jour où je vis pour la première fois son portrait dans *Les Dames créoles de l'Ancien Régime*, par Pierre-Antoine Le Zartin. Le dessin avait été fait par un graveur de la Martinique, grâce à qui la plupart des « hautes figures » de l'époque sont restituées. On lui doit les effigies de toutes les épouses des grands planteurs de l'île. Pour madame de Montaignan, on voyait une femme dans la cinquantaine, avec un visage long et maigre qui détonnait de l'ampleur du corps, surtout des bras ronds et boudinés, que le voile de deuil ne parvenait point à masquer. Naïvement, je noyai au crayon le visage de madame de Montaignan, de sorte qu'il me fallut ensuite aller jusqu'à la Bibliothèque des Colonies, de l'autre côté de Paris, pour retrouver un autre exemplaire des *Dames créoles de l'Ancien Régime*, sur lequel je puisse étudier les traits de mon ennemie. Mais s'il est vrai, comme on dit, que la haine est une brisure de l'âme liée à un objet extérieur, aujourd'hui, de toute cette haine qui me faisait après plus d'un siècle griffer une lithographie perdue entre les pages d'un vieux livre oublié, il ne me reste que la tristesse.

1

Née au milieu du siècle des Lumières, Julie de Montaignan était la deuxième fille de petits hobereaux poitevins. Depuis enfant elle se savait en trop, et que ne pouvant donner de dot convenable qu'à l'aînée, ses parents la mettraient au couvent, sauf si sa beauté lui conférait quelque valeur supplémentaire aux yeux des épouseurs ; mais dès qu'elle eut dix ans, sans qu'elle fût vraiment vilaine, elle sut qu'il n'y fallait pas vraiment songer et accepta cet avenir bouché par sa sœur. Les portes du couvent se refermèrent. Les années s'envolèrent pour elle comme pour ses compagnes. De temps en temps, un parent accompagné d'un inconnu, généralement âgé, venait observer l'une d'elles à travers les grilles. Parfois l'affaire se faisait, les tendres nœuds de l'hymen se nouaient, et le départ laissait un grand vide que ne comblaient pas Dieu et les anges. Chaque fois que Julie ressentait un grand désir du monde, elle s'ingéniait à le réprimer par toutes sortes de moyens qui remontaient à son enfance, et qui, prenant des formes diverses, ne changeaient guère quant au fond. Du même geste de ses trois doigts réunis, dont, fillette, elle aimait caresser et fouiller à la fois certaines étoffes riches de sa mère, certaines fleurs, certains insectes, elle allait chercher la volupté du monde et le refus du monde au-dessus de son genou, en se pinçant, avec précaution, pour ne pas porter atteinte à l'honneur de son nom.

Elle avait vingt ans quand un riche planteur de Martinique l'agréa pour rien. Le mariage se fit précipitamment, car monsieur de Montaignan voulait retourner dans ses terres avant la saison des tempêtes. C'était un gros homme recouvert de soie, qui parlait avec l'accent des Isles, et se faisait précéder par deux nègres en livrée. Des mots étranges flottaient autour de lui, comme flottaient, sur le fichu d'indienne qui l'avait séduite, de longues femmes étendues sur des hamacs, et que des indigènes éventaient dans un paysage de palmiers, d'aras multicolores, et d'oiseaux-lyres qui avaient une distinction de princes. Mais chaque nuit il lui semblait que toute la hideur du monde pénétrait en elle, et Julie éprouvait alors n'avoir fait que changer d'obstacle, et qu'après la haute silhouette de sa sœur aînée, puis les grilles du couvent, un troisième mur s'interposait entre elle et la vie. Les premières semaines d'Océan lui furent propices. Quand elle regardait les animaux du bord, dans leur cage, les domestiques noirs, les matelots, le ciel, la mer, elle ressentait des émotions d'enfance et parfois une douceur lui faisait verser des larmes secrètes. Mais plus on approchait des Isles, et plus se manifestait un changement non pas seulement dans l'air, devenu étouffant, mais aussi dans l'ambiance du bord, dans les manières de ses compagnons qui se relâchaient de toutes les façons. Et comme elle devenait de plus en plus froide et lointaine, monsieur de Montaignan l'en félicitait, disant qu'il fallait aux planteurs des femmes qui sachent se faire respecter ; d'autant, ajoutait-il, qu'avec tous ces brigands et ces filles de l'Hôpital qu'on envoyait à pleins bateaux, il devenait de plus en plus difficile de savoir à qui l'on avait affaire. Ainsi allant, la dernière partie du voyage lui fut un cauchemar. Elle transpirait sans cesse et ses dents se déchaussaient, les humeurs de son corps pâlissaient. La conversation du bord avait pris un tour maniaque, on ne parlait plus que par boucauts de sucre, par tonnes de bois d'ébène et de tabac. Et quand pour la première fois elle vit un des noirs s'en aller en lambeaux, en grand spectacle, sur le pont, il lui sembla que chaque coup de fouet écorchait sa tête, meurtrissait ses rêves, défaisait jusqu'au frêle royaume qu'elle avait tissé autour de son fichu d'indienne. Des visions absurdes la poursuivaient. Subitement, des becs cornus prolongeaient les narines blanches des seigneurs, et les pieds nus des nègres lui semblaient comporter des griffes. Puis elle fut tout au mal de mer, jusqu'au débarquement.

L'inconnu dont elle portait le nom et comme la sueur intime la fit monter dans un cabriolet léger, conduit par deux indigènes à livrée rouge et suivi en arrière par une troupe au pas de course. Soudain, au détour d'un chemin, un spectacle singulier lui apparut et elle fit signe à son mari d'arrêter. Puis, dans une sorte d'éblouissement rougeâtre, la vision présente de ses yeux se confondit avec l'imagerie traditionnelle des enfers, telle que l'enseignait la mère supérieure du couvent : à ses pieds, sous la fournaise du ciel, des nuées de damnés expiaient quelque péché atroce, aussi noir et mystérieux que la surface de leur épiderme. Ils étaient peut-être au nombre de cent, tous occupés à creuser des fosses dans une pièce de cannes, et la plupart nus ou en haillons ; la sueur les recouvrait tout entiers, un morne silence régnait parmi eux, et la douleur était peinte sur toutes les physionomies : répandus parmi ces créatures de ténèbres, des indigènes plus clairs et mieux vêtus, armés de longs fouets chantants, frappaient de temps à autre ceux-là mêmes qui par lassitude semblaient forcés de se ralentir, jeunes ou vieux, mâles ou femelles, indistinctement. Suffoquée de terreur madame de Montaignan se renversa en arrière et laissa filer une plainte entre ses dents. Mais presque aussitôt, surprenant le regard sévère et froid de son compagnon, elle se sentit mystérieusement en faute et exhala très vite, sur un ton d'excuse : C'est que d'aucuns sont tout nus, mon Dieu...

Monsieur de Montaignan avait gardé la bouche ouverte, et l'or de ses dents, les plis violacés de son visage lui faisaient un sourire indéfinissable, fort différent de celui que lui inspiraient d'ordinaire ses naïvetés, ce qu'il appelait ses « effarouchements d'oiselle » ; soudain elle se sentit nue devant ce regard, une simple femelle aux seins flottants, menacés, dont le sort ne tenait qu'à un fil, à une ombre légère qui traînait sous les paupières de cet inconnu...

– On voit bien que vous venez de France, lui dit-il alors souriant tout à fait ; pourquoi ne nous demandez-vous pas d'habiller nos vaches, nos mulets et nos chiens ?

*

* *

Jamais elle n'oublia entièrement la crainte obscure qui l'avait saisie le premier jour, l'impression qu'une simple poussée de son mari la ferait choir au milieu du troupeau, devenue en pleine clarté cette bête noire et laide et nue qu'elle sentait tapie en son cœur, sous le vêtement précieux de sa peau blanche. À l'exemple des autres dames créoles, sa vie devint un travail sourd et lent pour se distinguer des viandes noires qui s'étalaient dans l'île, une sorte de grignotage de sa nature charnelle, une montée au Carmel, une élévation vers le pur esprit. Les négresses étaient de feu : elle fut de glace. Ces créatures allaient nues : madame de Montaignan ne montra plus le moindre bout de peau à son mari. Elle tissa en son cœur une sorte de voile qui enveloppait ses paroles, les mouvements de son corps, et le feu encore vivant de ses yeux. Elle avait un air de prière, des vapeurs la prenaient, des élans charitables, et elle voyait le doigt de Dieu partout : monsieur de Montaignan était aux anges. Mais au bout de quelques années un nouveau scrupule la prit. Elle fit habiller ses esclaves, imposa le baptême, l'extrême-onction, et la lecture dominicale du catéchisme. Elle s'occupait elle-même des soins, distribuait la nourriture, et, sur le conseil de son confesseur, elle introduisit à mesure les méthodes qui régissaient les plantations des Frères de la Charité. Le manuel des punitions lui fut précieux. Il établissait une échelle précise des fautes en regard des peines, et par là même supprimait l'horrible arbitraire qui trouble si souvent la vie des malheureux. Chaque esclave sut désormais son chemin et le prix qu'il fallait payer les écarts. C'est de cette époque que date la plaisante locution proverbiale : « Chez Montaignan comptez vos dents. » Elle avait beau se pénétrer de ses devoirs, régulièrement elle s'évanouissait aux punitions d'esclaves. Mais sur le tard, vers la quarantaine, songeant que c'est Dieu qui punit elle put enfin y assister en *spectatrice impuissante*. Monsieur de Montaignan était de la vieille école, qui se refusait à pourvoir à l'âme des nègres, arguant de son absence. Les premières mesures l'inquiétèrent, il alla contre les vœux de son admirable épouse, s'efforça de l'en détourner ; et puis il s'inclina devant le spectacle d'une plantation fleurie, réglée comme un monastère, et dont les esclaves faisaient l'édification du voisinage.

La providence lui sourit cinq fois, mais deux de ses enfants moururent au début de la Révolution : une fille qu'elle ne voyait jamais, mariée à un planteur du sud de la Martinique ; et un garçon de grand avenir qui s'était allié aux Vigneul de Basse-Terre, mais qui devait finir lamentablement, deux ans plus tard, dans les fossés où Victor Hugues fit fusiller toute l'aristocratie créole de la Guadeloupe. Quant à monsieur de Montaignan, il était décédé en 1784, après plusieurs années de chute libre dans le tafia et la négresse. Au sortir des jours sombres, madame de Montaignan se retrouva avec une petite chienne nommée Louisa, une chienne frisée, noiraude, qu'elle caressait de longues heures dans sa maison déserte, et puis qu'elle pinçait délicatement, sans en avoir conscience, de ses trois ongles rapprochés comme pour saisir une fleur. Les événements l'avaient beaucoup changée : c'était maintenant une vieille femme aux traits longs et maigres, et curieusement, le visage se transformait à partir du menton, et c'étaient alors des vagues de chair éteinte, qui roulaient sur ses voiles de deuil, et dont elle n'offrait aux regards que l'extrémité d'un bras boudiné. Elle ne se séparait plus d'une fiole de rhum qu'elle promenait dans son réticule, et il arrivait qu'elle pleurât à la messe, surtout en souvenir de monsieur de Montaignan qui, les derniers temps, par malice d'ivrogne, parlait volontiers de mettre à la canne Jésus et les anges. Elle avait maintenant deux cauchemars : elle se retrouvait nue et noire et ridicule, aux abords du théâtre municipal de Saint-Pierre, ou bien elle se découvrait en enfer pour une faute inconnue, insaisissable, et qu'elle s'efforçait vainement d'amener à sa conscience. Alors Dieu se faisait évanescent, toutes choses se mettaient à tourner au-dedans d'elle, et il lui semblait qu'il n'y avait pas plus d'ordre dans le monde que dans la nature : c'étaient ses vapeurs secrètes.

À deux ou trois reprises, elle parla de retourner en France où elle avait des petits-neveux, des lambeaux de paysages, de souvenirs, de parfums. Mais aussitôt elle se disait ensorcelée par la vie des Isles. Et, plus obscurément, elle s'effrayait à la pensée de vivre sans le plancher humain que constituaient, sous ses pieds, les esclaves. Cependant, à la disparition de sa chienne, elle éprouva le besoin absolu d'un changement d'air et, sur un coup de désespoir, elle décida qu'il lui fallait veiller à la succession de son fils. Elle arriva en Guadeloupe dans les premiers jours de novembre 1802, et s'étant fait connaître, elle fit lever le séquestre administratif. Mais en dépit des prix auxquels elle consentit, elle ne trouva pas preneur pour les douze cents carreaux de terre qui, malheureusement, se situaient sur les hauteurs de Sainte-Rose, non loin des grands bois où erraient encore les survivants de la révolte que des équipes spéciales traquaient, à raison de quatre cents gourdes par sac de dix têtes. Les survivances des biens meubles, hommes, chevaux et outillage furent liquidées péniblement dans des opérations de gré à gré, en la maison municipale de Basse-Terre. Elle fut épouvantée du prix auquel était tombé le nègre de Guadeloupe. Il est vrai que la vente au-dehors était nulle, aucun pays ne se souciant d'admettre sur son sol les éléments contaminés par la révolte. Des cargaisons pleines erraient dans le golfe du Mexique, et finissaient par déposer leur chargement sur quelque rive sauvage de la terre ferme. Pourtant, s'ajoutant au dégiboiement des côtes d'Afrique, l'interruption de la Traite avait porté dans les Isles le cours du nègre au plus haut : mais on ne voulait pas de celui de Guadeloupe. Les planteurs eux-mêmes en faisaient un carnage, ne conservant que ceux qui donnaient pleines garanties. Toute cette agitation, ces bruits de fête, la pompe des exécutions, les tonnelles du cours Nolivos distrayaient madame de Montaignan de son chagrin. Mais cette frénésie ne dura guère, et bientôt elle fut lasse du sang, tout à ses vapeurs secrètes. Un jour qu'elle se trouvait en l'entrepôt Saint-Louis de Basse-Terre, non loin du Galion, une rumeur parcourut la foule de chalands et de curieux. On venait d'apporter sur l'estrade une petite chose noire et il en émanait des cris menus, des sortes de piaillements. Quand fut prononcé le nom de Solitude, madame de Montaignan se souvint de la créature qu'elle avait vue monter sur l'échafaud trois semaines auparavant, une sorte de sourire errant sur ses lèvres, et le devant de sa chemise auréolé par deux taches de lait. Une trentaine d'esclaves étaient également mis en vente ce jour-là, de sorte que, selon les péripéties de la vente, le nouveau-né passait d'une femme à l'autre, jusqu'à ce que tout le lot ayant été successivement vendu, on déposa pour finir l'enfant maudite dans une brouette cassée et l'huissier annonça modestement les enchères à cinquante livres. Soudain, madame de Montaignan se sentit prise d'une vapeur secrète et tira tranquillement une fiole de son réticule, en déglutit tout le contenu, puis jeta sur toute la scène un regard nouveau, brillant, extatique. Cependant les enchères descendaient progressivement à vingt livres, dix livres, cinq livres et, personne ne se proposant, après brèves délibérations avec le notaire, l'huissier manifesta l'intention de mettre l'enfant avec les rebuts pour être vendue à la tonne à destination des Guyanes.

À ce moment, la vieille dame eut l'impression que les cris de l'enfant se faisaient plus perçants et, l'air effaré, comme surprise par son geste, elle leva la main.

*

* *

Dès son retour en Martinique, la vieille dame fit pratiquer sur l'enfant les petits exorcismes du sel, de l'eau, et la grande conjuration par l'huile merveilleuse de saint Sérapion martyr. Puis elle le confia à une ronde négresse dont les seins diffusaient un lait paisible, bénévolent, plein d'innocence. Déjà elle regrettait, s'interrogeait, écoutait d'une oreille inquiète les voisins qui examinaient la petite Louise Solite, et découvraient sur ses traits d'agouti, dans ses griffes serrées, creusant la paume, les signes de la malédiction inéluctable du sang. Mais un jour la nourrice arriva en hurlant, l'enfant maudite dans ses bras, suivie par un planteur qui voulait saisir cette mauvaise graine et la fracasser à terre. Alors tous les regrets s'évanouirent, un chant inconnu s'éleva, et la vieille dame fit installer l'enfant dans la niche de sa chienne défunte, séparée d'elle seulement par une cloison de bois qui lui permettait, la nuit, de venir la prendre dans ses bras sous le prétexte d'un piaulement, ou d'un souffle agité. En grandissant les pieds de Louise dépassèrent l'entrée de la niche, et les regardant, la vieille dame se disait qu'il faudrait enfin pourvoir à une autre couche. Mais une tristesse lui venait à cette idée et, curieusement, il lui semblait que ce faisant elle eût tranché le lien ténu qui la reliait à la petite créature. L'enfant d'ailleurs ne le souhaitait pas, elle se coulait là-dedans comme dans un ventre, et souvent, à travers la cloison, en prêtant attentivement l'oreille, madame de Montaignan pouvait entendre son babil suave, tout en friselis, mais qui s'arrêtait au moindre craquement de bois. Hors de la niche elle était silencieuse, le dos courbe, l'échine flottante, la tête pivotant sans arrêt, avec sur ses petits traits un air de faute, de navrement qui ne rassurait personne, et dont madame de Montaignan était seule à connaître l'exacte et bouleversante sincérité. Elle avait une ouïe extraordinaire, filait ou arrivait sur un souffle. Quand il n'y avait aucun blanc dans la maison, elle venait gratter à la porte de la vieille dame et sur un *tss... tss...* favorable, se glissait vivement à l'intérieur, se recroquevillait dans un angle et contemplait sa maîtresse d'un air étrange. Parfois une grande douceur s'installait entre elles, et madame de Montaignan ressentait un violent désir de la caresser. Alors elle émettait un certain chuintement et aussitôt la petite arrivait, se tenait la tête penchée, l'épaule courbe, l'échine comme roidie d'attente et, lui tiraillant d'abord les cheveux (en émettant toujours son *tss... tss...*), madame de Montaignan lui pinçait longuement et d'un air déçu les omoplates, toujours maigres, puis sa main glissait sur l'échine, les trois ongles s'arrêtaient dans le haut des cuisses et, à ce moment, quand madame de Montaignan était bien occupée, la fillette levait vers la vieille femme un air de douleur reconnaissante et émerveillée.

Alors madame de Montaignan lui parlait du ciel, des anges, du Diable et de toute sa clique, de saint Cyprien, de saint Sérapion martyr, de la bonne Vierge et des plaies ineffables du Seigneur ; et l'enfant écoutait sans comprendre, dodelinant du chef, vaguement effarouchée ; et soudain une lumière se faisait en elle, ses paupières battaient, ses larmes coulaient sur ses maigres joues noires, cependant qu'elle s'écriait d'un air à la fois navré, incrédule et charmant : Et pour moi aussi Jésus est mort, maîtresse ?

L'habitation de Montaignan se trouvait à quelques lieues de Saint-Pierre, sur une colline descendant vers la mer, non loin de Sainte-Philomène, village aujourd'hui disparu sous l'éruption de la montagne Pelée. On y avait vu jusqu'à deux cents nègres, mais avec la mort du maître elle était entrée en agonie. Le moulin, la sucrerie tombaient en ruine, les citernes perdaient le sirop et les écumes. Madame de Montaignan se défit languissamment de ses esclaves, un à un, comme on se sépare de ses bijoux. Seuls demeurèrent le cocher, la cuisinière, le petit personnel d'intérieur, et quelques vieux nègres de savane, dont nul ne se souciait, et qui erraient dans les cases démontées par le vent, se nourrissant de tubercules, de reliefs hasardeux, et de la prière du soir dite en commun devant le grand perron de fer forgé. Le bruit des calèches cessa de se faire entendre. Tous les ans, le cocher badigeonnait de blanc d'Espagne la haute croix qui surmontait l'entrée ; puis une liane se prit dans les bras de pierre et la marée recouvrit tout. Un jour madame de Montaignan ne répondit pas aux appels de ses serviteurs qui patientèrent devant la porte, jusqu'au soir, dans un tumulte de sanglots, de prières, de supplications. Enfin la nuit venue, on courut à Sainte-Philomène pour en ramener un blanc : la porte s'ouvrit alors sur le bombinement de cent sales mouches.

Quelques semaines plus tard, une procession de chars à bœufs grimpait la colline, suivie d'un cent d'esclaves qui prirent place dans les cases désertes. Toute l'habitation entra dans un branle-bas étourdissant. Les héritiers avaient confié la charge à un géreur, un dénommé La Flèche, qui demanda ce que faisait cette petite négresse dans la maison des maîtres. Et comme le vieux cocher se taisait, terrorisé, monsieur La Flèche eut un grand geste vague qui entendait qu'on fît déguerpir la petite volaille noire. Épuisée de chagrin, l'enfant Solite reprit conscience d'elle-même dans la case à marmaille, la case réservée aux petits. On arrachait les herbes, on courait après le bœuf et le cabri, on faisait fuir les serpents devant les longues files de nègres qui éventraient les friches. Louise montrait un soin extrême à toutes ces occupations, elle s'observait continûment, du soir au matin, afin de ne pas commettre la plus légère erreur, afin de se garder de toute faute qui aurait pu lui être imputée à charge par Dieu ou les hommes. Mais certaines choses étaient très difficiles, et requéraient d'elle une attention totale, une vigilance de tous les instants. Ainsi, par exemple, s'il s'agissait de ramener un bœuf sur le droit chemin, il était particulièrement difficile de mesurer la force des cris et des coups qui satisfaisaient à la fois ses petits compagnons et la vigilance attentive du Seigneur. Tantôt, par sa faiblesse, elle attirait sur elle le mépris de ses compagnons ; et tantôt un coup de gaule trop appuyé perçait le cœur de Dieu. Et puis elle avait des moments d'oubli, des chutes, ou plutôt des élévations étranges, qui l'effrayaient considérablement. Cela pouvait se produire n'importe où, n'importe quand, mais cela arrivait surtout dans la course après les bœufs. Si elle y allait un peu vivement, excitée par les odeurs, les cris, les appels de ses compagnons, tout à coup elle devenait très légère, madame de Montaignan se dissolvait lentement dans l'air bleu, et elle se sentait alors capable de parler, de rire, de chanter, de danser, tout comme si elle fût une petite fille pareille aux autres. Mais le soir venu, allongée sur un lit de fanes sèches, parmi ses compagnons endormis, elle comptait tous ses crimes de la journée, un à un, avec application, comme le lui avait enseigné madame de Montaignan. Et puis elle s'interrompait, submergée par l'angoisse, et saisissant son chapelet de graines zagadis elle murmurait longuement dans la nuit :

Seigneur, prends pitié
Seigneur, prends pitié
Seigneur, prends pitié

Ô Christ, prends pitié
Ô Christ, prends pitié
Ô Christ, prends pitié

Seigneur, prends pitié
Seigneur, prends pitié
Seigneur, prends pitié

Souvent le sommeil la saisissait ainsi, au milieu de sa lutte contre le démon, avant qu'elle n'ait pu expulser complètement toutes ses « manigances » de son corps. Mais parfois une lumière l'envahissait, le démon sortait tout doucement d'elle, et elle écoutait couler son sang libre de toute impureté. Elle savait que le démon ne sortait qu'à contrecœur, qu'il n'était jamais bien loin, qu'il rôdait alentour dans l'ombre, attendant de pénétrer en elle ; car son sang était doux pour lui, c'était un sang maudit, un sang choisi, une réserve de péchés dans le monde. Autrefois, chez madame de Montaignan, quand elle se regardait dans une glace, elle voyait qu'il lui manquait seulement deux cornes à son front pour en figurer l'image exacte, telle qu'elle était sur la reproduction de l'archange saint Michel. Mais en attendant qu'il entre à nouveau dans son corps, elle gisait avec délice sur son lit de fanes sèches, écoutant couler son sang, tandis que sa poitrine se soulevait et redescendait avec bonheur. Et dans cette lumière qui l'habitait, des pensées heureuses lui venaient, des rêveries. Elle connaissait sa propre patience, elle se souvenait de ce qui s'était passé chez madame de Montaignan, et peut-être qu'à force d'obéir à tout le monde, et de se faire toute petite, il se trouverait bien une grande personne pour venir la griffer aux cheveux, et la pincer sur le corps, et lui gratter les cuisses comme faisait son ancienne maîtresse, parfois.

Alors, comme ses membres frissonnaient à cette pensée et puis se détendaient douillettement, prête à sombrer, elle murmurait très vite en offertatoire, comme il convient quand vous sentez la grâce descendre : *Béni soit Dieu le Père et béni soit le Fils Unique, et béni soit le Saint-Esprit : car il nous a traités avec amour...*

*

* *

L'enfant Solite avait une dizaine d'années à la mort de madame de Montaignan. C'était une câpresse très foncée, à l'ossature mince, dont les yeux proéminents étonnaient au milieu d'un visage étroit, dont les cheveux se hérissaient, dont le corps était tout en os flexibles et minces, conçus pour la prosternation, et dont la peau pourtant très noire retenait mal le soleil, ne le réfléchissait que par éclats, telle une glace sans tain. Ses paupières ne se relevaient guère, elle avait toujours un doigt replié sur son chapelet, et pourtant ses gestes étaient d'un à-propos, d'une légèreté, d'une précision inexplicable de chauve-souris. Sa voix était à la fois faible et aiguë, les mots se détachaient mal, on croyait entendre une série de petits couinements.

Elle avait toujours su que madame de Montaignan était sa seule véritable protection contre le monde et contre elle-même, contre la maudicité de son sang. Certes il y avait eu aussi Man Fatoum, sa nourrice, qui lui avait sauvé la vie le jour où le blanc l'avait saisie par un pied, dans le but de la fracasser contre un arbre. Man Fatoum avait toujours été la première à la prévenir de la présence d'un blanc dans le voisinage, afin qu'elle ait le temps de se cacher ; et plusieurs fois elle en était venue aux mains avec les autres domestiques, qui craignaient la petite Louise, se méfiaient d'elle, se livraient sur son corps à toutes sortes d'examens mystérieux, afin de déterminer si elle était ou non contaminée par le sang de sa mère, la femme Solitude de Guadeloupe. Et puis Man Fatoum s'en était allée un jour, son dernier sur la tête, dans une corbeille ; et, grimpée sur un arbre, Louise l'avait longtemps suivie du regard – elle et le blanc de Sainte-Philomène qui marchait derrière, secouant négligemment la corde qu'elle avait autour du cou – jusqu'à ce que Man Fatoum n'ait plus été qu'un point dans le paysage, qui n'offrait pas plus de protection qu'une feuille. Enfin la vieille madame de Montaignan s'en était allée à son tour, dans un vieux char à bœufs qui descendait la colline, environnée de mouches qui s'insinuaient dans les fentes du cercueil, et l'enfant Solite vécut alors dans la crainte d'être fracassée contre un mur, contre un arbre, contre la surface du sol qui ne lui avait jamais été aussi ennemie. Mais à sa grande surprise, le départ de sa protectrice n'engendra point de conséquences fâcheuses à son endroit. Les nouveaux esclaves la regardaient à peine, et ne semblaient pas voir en elle ce qu'y voyaient les anciens domestiques de madame de Montaignan. Les premiers temps ils la contemplaient avec surprise, et comme elle dévidait toujours son chapelet en présence d'inconnus, ou bien frappait sa poitrine de son poing droit, les yeux baissés, ils s'esclaffaient parfois, disant : Alors c'est donc toi, la petite sorcière ? Quelques-uns seulement ne souriaient pas, mais ils ne semblaient guère décidés à la battre, ni à lui jeter des cailloux, ni à fracasser sa tête maudite contre un arbre. Ils se contentaient de la regarder, en passant, d'un long regard inquiet, comme faisaient les anciens domestiques de madame de Montaignan. Mais chose étrange, le regard des nouveaux lui causait une plus grande douleur que celui des anciens, c'était comme si on lui jetait des braises sur le front, les joues, la poitrine, et l'enfant Solite s'en inquiétait, se demandait pourquoi ils la brûlaient ainsi de leurs yeux. Un jour, un vieux nègre aux sourcils blancs s'approcha d'elle et lui chuchota sur un ton mystérieux, cependant que ses yeux rouges la brûlaient jusqu'au-dedans de son corps : Alors c'est donc toi, la petite fille de la femme Solitude ? Dans le même instant, les traits du vieux nègre se défirent, de l'eau se mit à couler sur ses joues, et l'enfant Solite en fut si effrayée qu'elle recula d'un pas en exhalant un long cri. Alors, jetant des regards inquiets alentour, le vieux nègre s'éloigna à grands pas. L'enfant Solite vécut désormais dans une crainte indicible. Elle devinait la présence de ceux qui la regardaient ainsi, s'arrangeait pour ne jamais se trouver sur leur passage, ou même à proximité de leurs terribles yeux. Elle en vint même à ne plus se présenter à la distribution de nourriture, le soir, après le travail, de crainte de ces pluies de braise qui tombaient sur son corps. Elle se contentait de fruits, de cannes à sucre, de tubercules qu'elle faisait rôtir dans un trou. Mais un jour elle se fit prendre dans un arbre, et le commandeur du quartier lui ajusta un groin, qui est, comme son nom l'indique, un groin de fer qu'on destine généralement aux gros mangeurs de fruits. Le soir même, une grosse pierre jaillie d'on ne sait où, du ciel semblait-il, jetait le commandeur à terre, inanimé. Une rumeur se répandit. Le lendemain on négligea de nouer le groin de fer au museau de la petite fille. Elle errait dans la plantation, libre de ses gestes et de ses mouvements, tous les regards la traversant comme si elle fût un courant d'air. On ne la demandait plus aux herbes, aux bœufs, aux serpents, ses petits compagnons eux-mêmes ne semblaient plus la voir, et le soir venu ils s'agglomeraient tous ensemble, dans l'angle opposé à son lit de fanes. Elle n'avait pourtant pas envoyé délibérément la pierre, elle n'y avait même pas songé, les forces maléfiques tapies en elle s'en étaient chargées toutes seules. Et maintenant l'enfant Solite s'observait plus que jamais, exacerbant sa charité, sa douceur d'âme, sa complaisance intérieure vis-à-vis de l'entourage, de crainte qu'une de ses mauvaises pensées ne fît descendre du ciel une nouvelle catastrophe. Mais la nuit venue toutes ses prières, toutes ses invocations, tous ses mea culpa ne lui servaient plus de rien. Elle avait beau lutter, appeler des pensées saintes, ses paupières finissaient par tomber et la voilà qui devenait « volant », ou bien qui se changeait en crabe, en chien errant de longues heures sous la lune, cherchant qui dévorer. Elle craignait de se mettre à sucer le sang d'une personne endormie, ou bien de cisailler quelque chair, de meurtrir quelque humain. Et sa première pensée, au réveil, c'était de se demander ce qu'elle avait fait durant sa transformation nocturne. Alors, quand elle n'avait fait de tort à quiconque, elle égrenait lentement son chapelet, jusqu'au premier appel de la cloche, en murmurant des actions de grâces qui l'illuminaient si fort qu'elle portait soudain le poing à ses paupières, étonnée de n'y jamais découvrir cette eau si belle dans les yeux des autres, et qui ne voulait jamais venir aux siens, hélas non, Seigneur...

Une nuit elle rêva qu'une large paume recouvrait sa bouche, cependant que des bras la soulevaient, l'emportaient en silence. L'esprit qui s'était emparé d'elle avait une poitrine qui grondait comme un soufflet de forge, mais ses pieds ne se posaient pas et Louise entendait seulement le bruissement des herbes qui s'écartaient à son passage, et le souffle d'un vent froid qui pénétrait dans l'une de ses oreilles. Ouvrant les yeux elle vit entre les gros doigts noirs que le ciel était aussi vaste que lorsqu'elle s'y élançait en « volant », et la terre aussi noire et verte et mystérieuse que dans ses pérégrinations nocturnes en chien. Mais jamais elle n'avait vu la lune aussi rouge et menaçante que cette nuit, et comme les gros doigts se desserraient un peu elle laissa échapper une plainte. Alors l'esprit la déposa à terre et l'enfant s'aperçut qu'il s'agissait du vieux nègre aux sourcils blancs. Elle était bien résolue à ne pas manifester sa peur, à lui obéir en tout point afin d'être sûre de se réveiller le lendemain matin dans son lit, et de ne pas se retrouver définitivement perdue parmi les diables ; aussi le regarda-t-elle poliment et dit : Alors c'est comme ça, vous êtes donc aussi un diable ? Vous êtes donc aussi une âme perdue, *missié* ? À ces mots l'homme se mit à trembler, exhalant doucement : Qu'est-ce que dit l'enfant ? Qu'est-ce ?... Et soudain l'eau s'épancha de ses yeux, comme le jour où il avait demandé si elle était la petite fille de Solitude. La saisissant à bras-le-corps il la souleva et posa ses lèvres sur le front de la petite fille. Elle connaissait bien ce geste, elle l'avait vu souvent dans sa vie : ainsi, Man Fatoum le faisait parfois avec ses enfants, en variant la position de sa bouche, la posant tantôt sur une joue, tantôt sur un bras. Il y avait aussi des grandes personnes qui le faisaient entre elles et Louise s'y était essayée à plusieurs reprises, posant ses lèvres sur ses bras, sur ses mains, sans jamais rien sentir. Mais la bouche de cet homme c'était autre chose, elle faisait un véritable trou dans le front de Louise, et elle était sur le point de crier de douleur quand soudain une douceur la parcourut et pour la première fois de sa vie elle sentit de l'eau couler de ses yeux. Au même instant l'homme l'attira contre son épaule, comme un bébé, la tête tournée vers l'arrière, et il se remit en marche et l'enfant Solite s'aperçut que l'eau ne cessait de couler de ses propres yeux. Et c'était une sensation merveilleuse, comme la terre après la pluie, et tout à coup au travers de l'eau de ses yeux elle vit les collines qui descendaient vers la mer, tandis que l'homme grimpait. Et c'était tout différent que lorsqu'elle se promenait en chien, c'était même différent que lorsqu'elle planait dans les airs en « volant », frôlant les arbres, les flèches de cannes, la mer : en vérité c'était comme si elle se répandait immensément sur les choses, comme si elle s'était changée en ciel, en lune rouge, tout en restant une petite fille ballottée sur l'épaule d'un homme qui grimpe en soufflant dans la nuit, tellement il est pressé. Elle avait beau fermer les yeux, toutes ces images se reformaient derrière ses paupières humides, avec de légers changements, qui grandissaient insidieusement et puis éclataient dans son esprit : ainsi la terre ondulant par vagues qui descendaient vers la mer, ainsi les arbres chantant, ainsi la lune revêtant une couleur verte et puis se dilatant jusqu'à occuper toute la surface du ciel. À cette dernière merveille, elle souleva les paupières et découvrit autour d'elle un groupe de nègres dans une case de branchages, et observant leur allure, elle sut où son rêve l'avait transportée et murmura sur un ton calme, qui l'étonna elle-même :

– Vous êtes des nègres marrons, des diables ?

– Innocente, nous sommes des cabris sans cornes, dit la femme qui se tenait agenouillée à son chevet, et comme les autres riaient à ces mots, l'enfant Solite émit ces petits couinements qui lui tenaient lieu de rire dans la vie.

Puis le silence revint, les grandes personnes l'observaient sans rien dire, puis tour à tour, elles se penchèrent et baisèrent les pieds nus et sales de l'enfant Solite, les uns en reniflant, les autres en fronçant les sourcils, en se détournant aussitôt d'un air gêné, cependant que des gouttelettes leur tombaient sur la joue. Ceux qui sortaient faisaient passage à d'autres qui entraient, et l'enfant Solite se tenait glacée sur sa couche, observant ce défilé de diables qui voyaient elle ne savait quoi dans ses pieds maudits. Enfin demeura le vieux nègre aux sourcils blancs, qui se tenait à l'entrée de la cabane, lui clignant de l'œil et murmurant : Tu as vu la pierre que je lui ai envoyée ? Tu as vu ?... Puis il disparut à son tour et ne restèrent plus que trois petits enfants de son âge et la femme qui l'appelait Innocente. L'un des garçons avait une cruche posée sur la tête, l'autre un demi-tonnelet, et le troisième exhibait une brassée de feuillages. On versa l'eau chaude dans le tonnelet, et Louise se défit en silence de sa cotte, puis elle entra dans l'eau jusqu'à ce que sa tête seule dépasse du feuillage qui trempait. Et la femme qui l'appelait Innocente dit : Tu es comme une cuiller trempée dans la soupe, pourquoi tu ne remues pas un peu ? Elle avait toujours la même expression depuis tout à l'heure, les lèvres pincées, les yeux comme des cailloux, mais par côté Louise crut voir sourire un des garçons et, pour ne pas se mettre à dos le monde, elle jugea utile de pousser deux ou trois petits couinements. La femme lui jeta un regard sévère et dit : Explique-moi ça pourquoi tu ris, explique-moi ça un peu : j'aimerais l'entendre. Louise en eut très peur mais au même instant les trois garçons s'esclaffèrent et elle comprit soudain de quoi il retournait, elle sut que la femme qui l'appelait Innocente aimait les mêmes jeux que madame de Montaignan. Parfois madame de Montaignan disait quelque chose et se mettait à rire, puis, quand Louise l'avait bien imitée, madame de Montaignan la regardait de son œil d'acier et lui demandait d'expliquer la plaisanterie ou bien c'était le contraire, elle disait quelque chose d'un air sévère, et l'enfant Solite l'observait, s'interrogeait, et comme elle voyait madame de Montaignan sourire elle se dépêchait d'en faire autant : mais c'était trop tard. Louise en était là de ses réflexions quand le vieux nègre aux sourcils blancs entra avec un plateau de bois contenant toutes sortes de choses, sans parler d'une noix de coco fraîchement taillée. Cependant on lui frottait tout le corps avec des feuilles, on la séchait, on lui mettait une robe, les trois petits garçons l'embrassaient, et comme l'un d'eux lui tendait la noix de coco, ouverte, l'enfant Solite sentit un remous dans sa gorge et pensa : C'est bon, c'est bon d'être une diablesse, et c'est bien bon un bain de feuilles, oh là là, c'est bon de l'eau de coco qui coule dans votre gorge, c'est bon, c'est bon, c'est bon. Et puis de l'eau se mit à couler de ses yeux et elle pensa : C'est bon, c'est bon de l'eau qui sort de vos yeux, Jésus. Et puis elle chassa la pensée de Jésus et pensa : C'est bon d'être une diablesse, voilà qui est bon, une diablesse. Et toute la journée il en fut ainsi : c'étaient rien que des choses bonnes qui lui arrivaient, l'une après l'autre, comme les graines bien serrées d'un collier, avec entre chaque graine de l'eau visible ou invisible qui lui tombait des yeux et humectait tout. Elle ne devait jamais oublier le nombre de choses bonnes qui lui étaient arrivées durant cette journée, depuis le bain de feuilles jusqu'au tam-tam qui eut lieu la nuit autour du feu, sans qu'elle y participât avec son corps, du moins en apparence, car elle esquissait toutes sortes de pas dans sa tête en regardant les autres, et c'était comme si des sauts, des battements de pied, des gestes merveilleux s'esquissaient en elle, c'était comme si ses membres se dépliaient, ses os devenaient des lianes tandis qu'elle se tenait bien sagement assise avec de temps en temps une goutte d'eau qui lui tombait le long du nez et qu'elle lapait rêveusement. Le lendemain matin une main était posée sur sa joue à l'instant du réveil, et elle sut aussitôt que c'était la femme qui l'appelait Innocente car la main n'était pas tout à fait posée sur sa joue, il y avait de l'air entre la peau de sa joue et la main, des points de contact intermittents. Soudain l'enfant Solite ressentit une grande angoisse et elle murmura : Je veux retourner en bas. Mais la femme se contenta de rire et tout ensuite se passa comme la veille, et ce fut encore de bonnes choses, rien que des bonnes choses ; même de toucher de l'herbe, un caillou, de poser ses pieds sur la terre avait l'air d'une bonne chose. Par moments elle entendait une cloche, une petite cloche grêle, comme celle de l'habitation, et puis elle secouait la tête et la cloche s'en allait. Mais au milieu de la journée elle ressentit soudain une souffrance indicible et elle s'immobilisa, terrassée par la vieille question qui l'agitait depuis toujours : Pourquoi Jésus est-il mort comme ça ? Il ne pouvait donc pas mourir autrement ? Elle avait beau secouer la tête, la question ne s'en allait pas et maintenant c'était comme un crabe qui se réveillait dans son ventre, ouvrant ses pinces, les refermant, tandis qu'elle essayait vainement de l'en arracher, griffant son ventre sous les yeux des trois petits garçons effarés.

Le troisième jour elle redemanda à partir, mais nul ne sourit cette fois. Le cérémonial se déroula comme d'habitude. L'enfant Solite avait un visage tout fripé et voyait Jésus sur sa croix, blanc comme du lait, avec des stries rouges qui descendaient de son front, comme sur le crucifix de madame de Montaignan. Il gémissait, il se plaignait que Louise le fît souffrir en demeurant avec ces démons noirs ; chacun de ses sourires, de ses bains de feuilles, chacune de ses voluptés était un clou qu'elle enfonçait dans sa blanche poitrine, ses mains, ses pieds, un crachat supplémentaire, une flagellation. Louise traversa doucement le camp, étonnée que nul ne la retienne, les diables noirs se contentant de jeter sur elle un regard éteint. Quand elle eut marché dix minutes, elle vit à ses côtés le vieux nègre aux sourcils blancs. Il la souleva en silence et la posa à califourchon sur ses épaules, et puis le soleil fut plus haut, encore plus haut, il fut au-dessus des têtes et commença à redescendre par l'autre côté mais l'homme marchait toujours. La nuit tombait quand ils arrivèrent devant un champ de cannes et Louise vit se dresser au loin le moulin Montaignan. L'homme la posa à terre et son visage était gris, se détachant à peine de ses cheveux blancs. Il se pencha, hésita, finalement ne posa pas la bouche sur son front. Alors Louise s'enfonça dans le champ de cannes et au fur et à mesure qu'elle avançait, qu'elle se rapprochait, elle sentait que l'épreuve se terminait, qu'elle allait d'un moment à l'autre se réveiller dans son lit de fanes sèches. Mais soudain elle se souvint de ces mystérieuses journées, avec les bains de feuilles, la négresse qui l'appelait Innocente, les petits garçons, tout ça, et quelque chose se déchira en elle et se retournant elle vit qu'il n'y avait plus personne. Elle posa avec curiosité ses mains sur ses yeux et constata que ses paupières étaient sèches.

*

* *

Plusieurs années s'écoulèrent sans troubles. Monsieur La Flèche avait été extrêmement frappé de son retour et de la précision avec laquelle elle avait conduit les miliciens au camp des nègres marrons. Les cendres étaient chaudes et l'on avait battu toute la région, lâché les chiens, mais en vain. En récompense de sa fidélité, monsieur La Flèche l'avait mise aux cuisines. Elle faisait la vaisselle, épluchait les légumes ; en grandissant, elle surveilla les marmites, puis elle en vint à porter les serviettes dans la salle à manger. Elle était toujours maigre, mais ses seins et ses fesses commençaient à percer. Personne ne s'en apercevait, et à la cuisine, dans les couloirs, dans la salle à manger, les gens marchaient toujours vers elle sans la voir, comme s'ils fussent assurés qu'elle se retirerait de leur passage au dernier moment, chose qui se produisait toujours, en raison des fils invisibles qui bougeaient en elle : même si quelqu'un arrivait par-derrière, elle sentait la présence et se collait contre le mur. Elle dormait maintenant dans les communs, derrière l'habitation ; elle y avait un lit, un matelas, une couverture, un pot à eau, un panier contenant une jupe, une chemisette, sa culotte des dimanches, et un mouchoir de tête avec des stries vertes et jaunes. Elle aérait souvent son linge, et puis le repliait soigneusement dans le panier, avec des racines de vétiver qui embaument et protègent.

Elle avait une quinzaine d'années quand les hommes allèrent à son corps. Ses bras, ses jambes, tout l'avant de son visage étaient encore d'une enfant ; mais les pommettes s'étaient arrondies, elles jetaient de faibles lueurs sur sa peau sans éclat, et quelques pincées de chair se mouvant sous son tablier avaient fait le reste. Les messieurs voulaient manger à la table de ce corps tout neuf, et ils lui faisaient même des compliments, disant que ses cheveux étaient moins rêches, que sa peau s'était mise à briller, des sortes de douceurs, enfin, et c'était exactement ce qu'elle ressentait elle-même au sujet de son corps vivant : une sorte de flexibilité jusque dans ses ongles, et puis une irradiation, une fièvre lumineuse qui commençait dans les entrailles et gagnait tout le grain de sa peau, comme il advient aux vers luisants, aux bêtes à feu et aux lucioles. Elle avait eu très peur la première fois, elle s'était demandé ce qui resterait d'elle, mais tout compte fait, elle s'en était assez bien tirée, aussi bien que pour la vaisselle, le linge, et les autres tâches qu'on attendait d'elle dans la vie. Quelque chose cependant lui échappait dans tout cela, et elle en avait une légère angoisse. Elle était surtout déconcertée par la furie qui les prenait soudain, cette impatience, cet air de cruauté qu'ils avaient, comme s'ils craignaient qu'elle ne se dérobât subitement sous eux. C'était exactement comme lorsqu'elle entrait dans la porcherie, avec ses deux seaux fumants à bout de bras, les bêtes ne s'y habituaient pas, elles se bousculaient, grognaient affreusement, semblaient vouloir se dévorer tout autant que la pâtée. Bien qu'elle s'y attendît, leur manège l'effrayait chaque fois, et elle se plaignait doucement : Compères cochons, mais qu'est-ce qu'y vous arrive donc messieurs, pourquoi toutes ces manigances, pourquoi que vous ne vous entendez pas un peu sur la terre, pourquoi que vous ne prenez pas votre repas tranquillement, mais quelles sont ces manières ? Et c'est aussi ce qu'elle avait envie de dire, avec toute la subtilité du langage créole, quand un homme se mettait dans ces états d'égarement et de tempête incompréhensibles : Vous êtes à ma table, mon bon nègre, à la table de mon corps, qui est à votre disposition, alors pourquoi vous obstiner à me terboliser ainsi, à m'effrayer ainsi, pourquoi mon cher ? Mais ce qui l'étonnait plus que tout le reste, c'était la conduite du dénommé Lobanga, palefrenier de son état. Certes, il arrivait aussi aux autres de se conduire comme Lobanga, mais c'était rare : tandis que Lobanga était toujours Lobanga. D'ordinaire, quand les gens ont mangé à votre table, quand ils ont « goûté de votre miel », comme disent certains en souriant, ils se relèvent presque aussitôt, ils boutonnent leur pantalon et s'en vont sur un au revoir ou un silence si particulier qu'on a du mal à les distinguer, à savoir : s'ils ont dit une parole ou s'ils ont seulement dit un silence. Tandis que Lobanga, au lieu de se relever, restait accroché à votre corps et secouait la tête, gémissait, soufflait comme une forge en vous fixant sans vous voir, espérant quelque chose qui ne pouvait venir. Au début elle avait eu très peur, et se croyait fautive sans qu'elle sache de quoi. Mais il la rassura : non, il n'attendait rien du tout d'elle, sauf d'emprunter son frêle esquif qui ne le menait jamais nulle part. Et l'enragé s'obstinait à brasser le vent, en vitupérant à gorge cassée : La mère des hommes est folle, mes amis, et ses descendants sont empoisonnés !... Alors. Puis il serrait l'enfant Solite à la broyer et disait lugubrement : Pourquoi ça je suis sur la terre ? hein, pourquoi ça ?

Une fois elle vit Lobanga dans l'ouverture de l'écurie qui lui faisait signe. Il avait le regard noble et triste des chevaux et, déposant son seau, elle entra dans la pénombre odorante du lieu, et s'allongea sur un tas de foin. Bientôt sa tête fut proche d'une aisselle et elle fut tout à la pensée des chevaux dont Lobanga avait les yeux et l'odeur. Une fois rassasié, l'homme eut faim de la chose mystérieuse et la furie habituelle le submergeant, il la souleva si violemment en l'air qu'elle s'affala au sol comme une poupée de chiffon. Elle lui dit dans un souffle : Monsieur Lobanga, je crois bien que vous me faites du mal. Alors, se détachant d'elle, l'homme ouvrit de grands yeux étonnés et il sembla à l'enfant Solite qu'il la voyait pour la première fois. Au fur et à mesure qu'il la regardait, les yeux de Lobanga perdaient toute fureur et prenaient l'expression douce et noble des chevaux.

Et maintenant ses yeux paraissaient ne plus la voir, ils regardaient au travers d'elle, contemplaient quelque chose d'infiniment éloigné et précieux, peut-être la chose même que Lobanga recherchait dans ses crises et ses éclats, car soudain ils se remplirent d'une eau lumineuse qui fit presque envie à l'enfant Solite. Et puis il murmura d'une voix à peine audible, se parlant visiblement à lui-même : Alors Lobanga, mon nègre, c'est pour ce beau travail que t'es venu sur terre ? Lobanga je vous dis : quel homme êtes-vous donc, mon cher ? Écoute...

Toute retournée, l'enfant Solite se souleva de terre, s'essuya les cuisses avec un bouchon de paille et gagna gravement la sortie de l'écurie. Sa corvée terminée elle alla s'asseoir derrière la gragerie déserte et se mit à penser au bain de feuilles qu'elle avait reçu autrefois. Pendant longtemps, les nègres marrons l'avaient laissée tranquille, et c'était comme si le Bon Dieu avait retiré ces trois mystérieuses journées de son esprit. Et puis petit à petit le démon avait repris le dessus, elle revoyait les gens, par instants, les petits garçons, le vieux nègre aux sourcils blancs, et puis elle sentait le bain de feuilles contre son corps, elle entendait des chants, le crépitement des branches dans le feu, et l'air des hauteurs entrait dans ses narines. Mais elle avait surtout affaire à la femme qui l'appelait Innocente. Cette personne-là ne voulait pas la laisser en paix. Elle revoyait ses mains, sa bouche, ses yeux, et chaque fois elle était surprise de découvrir des détails nouveaux. Ainsi, par exemple, elle n'arrivait pas à épuiser la manière si piquante dont cette femme avait parlé des cabris sans cornes. En dépit des mois, des années maintenant qui avaient passé, elle trouvait encore de nouveaux aspects dans la façon dont elle avait prononcé cette phrase, soit dans les yeux, soit dans la bouche, soit dans le son de la voix, et alors c'était comme si elle l'entendait pour la première fois. Et elle ne pouvait s'empêcher de rire en son cœur et d'émettre un léger couinement dans le fond de sa gorge. Mais c'était la nuit surtout que les nègres marrons la harcelaient. Depuis cette fameuse aventure, elle ne se changeait plus en chien ni en crabe, mais invariablement en « volant ». Les choses se passaient toujours de la même manière. Elle attendait que tout le monde soit endormi, elle quittait subrepticement son corps, ouvrait la porte avec son bec, et d'un coup d'ailes elle s'élevait dans la nuit. Parfois les nègres marrons avaient changé de camp, et elle errait longuement dans la nuit, au-dessus des bois et des montagnes, très haut dans l'air, observant la surface de la terre avec ses yeux tout-puissants de soucougnan. Parfois un autre soucougnan fendait l'espace, non loin d'elle, avec ses yeux rouges, s'en allant vers quelque maléfice nocturne. Ils ne se parlaient pas, ils ne se saluaient pas, chacun faisant ses affaires en silence : ainsi sont les soucougnans. Et puis Louise finissait par reconnaître le camp, elle descendait en vrille, les paupières abaissées sur ses yeux rouges, se laissant souplement couler, le vent contre ses ailes, afin de ne pas signaler son approche. Et puis se perchant sur une branche, dans l'ombre, elle les regardait vivre autour du feu, chanter, danser, se parler entre eux, toujours semblables à eux-mêmes, toujours semblables à ce qu'ils avaient été durant ces trois jours, identiques. Parfois elle entendait un éclat de rire, mais elle avait beau tendre l'oreille, elle ne pouvait jamais savoir pourquoi ils riaient, à cause de la distance. Et puis le feu mourait lentement, ils allaient se coucher et elle veillait sur le camp endormi, ne bougeant de son perchoir, jusqu'à l'aube.

Ce soir-là, elle se coucha avec l'espoir que son esprit la conduirait au campement des nègres marrons, et peut-être se rapprocherait-il davantage que d'habitude, peut-être verrait-elle la femme qui l'appelait Innocente et en serait-elle soulagée. Tout dormait dans le dortoir des esclaves de maison, sauf un bébé qui poussait de faibles plaintes dans un lit voisin, occupé par une des soubrettes. L'enfant Solite se savait coupable, et qu'en souhaitant voler au campement des nègres marrons, le démon et elle ne faisaient plus qu'un dans sa poitrine. Elle ressentait un lointain tremblement en elle. Les frissons de son corps gagnaient d'amplitude, et puis elle s'aperçut que ses membres bougeaient lentement dans la nuit, comme actionnés par des mains invisibles, et se penchant au-dessus de son lit, elle s'aperçut que son corps endormi ne s'y trouvait pas. C'est seulement au-dehors qu'elle comprit ce qui lui arrivait. Des masses de nuages couraient éperdument dans le ciel, découvrant çà et là quelques étoiles, au gré de leur trajectoire, et l'apparition de ces étoiles était si intéressante que tout ce qui se passait sur la terre s'en trouvait amoindri, réduit à des proportions dérisoires ; les silhouettes des bâtiments, des cases en contrebas, la découpure des arbres, les flèches de cannes qu'elle longeait doucement, l'étrange profil de la montagne vers laquelle se dirigeaient ses pas. De telles splendeurs étaient inhabituelles, elles ne pouvaient provenir de ses propres yeux, et, comme l'enfant Solite s'en étonnait, elle comprit soudain que le démon se tenait à l'intérieur de son corps, soulevant ses paupières dans l'ombre, aspirant l'air par ses narines, et faisant mouvoir ses jambes en direction du campement des nègres marrons. Une partie d'elle-même se réjouit, mais déjà sa jambe droite s'immobilisait et maintenant c'était comme si elle avançait dans un marécage, retenue par des herbes qui se collaient à ses cuisses, à son ventre, à sa gorge resserrée par l'épouvante. Le démon poussait hardiment dans son dos, et l'herbe se plaquait drue contre ses cuisses, retenant chacun de ses mouvements, lui donnant une lenteur extrême, irréelle. Man Fatoum disait que toutes les négresses ont un ange gardien pour les protéger de leur démon acolyte. Mais c'était la première fois que le sien se manifestait, la première fois, Jésus. Tombant sur les genoux, l'enfant Solite vit qu'elle se trouvait à l'extrémité du champ de cannes, juste à l'endroit où le vieux nègre l'avait laissée quelques années plus tôt. Son torse ployait en tous sens, et une pluie de sueur fut sur elle. Et comme elle chutait, le démon soudain l'abandonna et l'enfant Solite vit les étoiles très haut dans le ciel, jaunes, bleues, vertes, comme d'habitude. Les nuages luisaient à peine, comme il convient au début de la saison des pluies. Une lueur naquit dans l'herbe, et elle pensa d'abord que c'était son ange. Oh, se dit-elle, Jésus ne l'avait donc pas oubliée, quand même qu'elle ne fût qu'une petite négresse extravagante, aussi noire que bleue. Et puis la lueur grandit et, à sa grande stupeur, Louise s'aperçut qu'il s'agissait de Notre-Seigneur en personne, assis dans l'herbe, à trois pas, juste à la limite du champ de cannes. Il avait des joues rouges, mais tout le reste de son visage était aussi blanc que du lait. Une main était posée vers son épaule, désignant son cœur ceint d'épines et surmonté d'une croix, et l'autre main était tendue devant lui, l'index se dressant avec gravité et nostalgie, comme sur la belle image accrochée dans la chambre de madame de Montaignan. Il murmura paisiblement, en beau français de France :

– Alors enfant Solite, où t'en allais-tu comme ça ?

– Pardon Seigneur, dit-elle.

À ce moment, les mains de Jésus se tournèrent vers elle, sa sainte bouche prononça une bénédiction et la petite fille se retrouva allongée dans l'herbe, le cœur en fête, les yeux baignés de larmes, et deux filets d'écume aux coins de sa bouche…

2

En grimpant derrière le moulin à sucre, on atteignait le ruisseau avant qu'il ne se jette sur les immenses pales de bois. Parvenue là-haut, Louise aperçut une clarté sur l'horizon de la mer et elle se demanda combien de temps avait duré sa conversation avec Notre-Seigneur. Toute la nuit s'était écoulée, le jour pointait déjà et en son cœur il n'y avait eu qu'une petite minute. Elle se défit de sa chemise et toute frissonnante s'engagea dans l'eau glacée. La sueur encollait ses cheveux, des plaques d'écume avaient glissé jusqu'à son cou mais il fallait qu'elle se fasse belle, il fallait qu'elle brille dorénavant comme une petite étoile au firmament. Tandis que l'eau noire courait sur son corps, elle se demanda pourquoi il y avait si peu de surprise en elle, à peine de l'émerveillement. C'est comme si elle avait toujours attendu cette minute, c'est comme si elle avait toujours su qu'une chose de ce genre finirait par lui arriver ; car ça ne pouvait pas durer, oh ça ne pouvait pas durer plus longtemps toutes ces diableries, se dit-elle avec une condescendance qui la surprit, la fit sourire en son cœur. Elle sauta pour se faire sécher, puis enfila sa chemise et gagna en grelottant le dortoir des domestiques femmes. Le temps de prendre son bain et la lueur de l'horizon avait gagné les collines du front de mer, et des filaments jaunes erraient sur les toits de fanes, les façades chaulées de l'habitation. Comme elle se glissait dans son coucher, la première cloche se mit à tinter, et sa voisine ouvrit les yeux dans la petite aube et la considéra avec surprise. Et comme elles se hâtaient vers l'habitation, la femme se tourna vers Louise et lui dit d'un air entendu : À te regarder, chère, on voit tout de suite que la nuit t'a été bien profitable. L'enfant Solite secoua la tête : Non, non, c'est pas ça. Et s'immobilisant soudain elle murmura avec une douce exaltation : Voisine, voisine, j'ai vu Jésus.

La seule personne de l'habitation à ne pas rire fut la cuisinière, Man Artémise que certains appelaient aussi Chabine Dorée, en raison du fait qu'elle était particulièrement bien sortie du ventre de sa mère. Dans le cas de Man Artémise, les sangs avaient tourné en bouquet : des yeux bleus, bleus, bleus, des cheveux blonds et souples comme de la barbe de jeune maïs, et une étrange peau de soie grège où se jouaient toutes sortes de petites lumières qui lui permettaient de dire, à tout entendeur qui soit : Je suis une chabine dorée et si vous ne comprenez pas, je m'en vais vous montrer que ça pèse, une personne comme moi !... On disait qu'elle avait fait plusieurs enfants pour monsieur La Flèche, dans les temps où elle était plus fine, plus légère, et c'était peut-être ce qui lui donnait son franc-parler avec tout ce qui vit sur la terre, hommes et bêtes, poissons qu'elle hachait en riant, et même les âmes des trépassés qui pénétraient parfois dans sa cuisine, sous forme de colibris verts à bec d'aiguille, et qu'elle interpellait gaillardement comme tout le reste. Mais elle ne criait jamais sur le corps de l'enfant Solite, au contraire, elle prenait pour lui parler des inflexions douces, et c'était comme si elle craignait de la voir s'envoler soudain, sur un éclat de voix trop fort. Une fois même, elle dit devant témoins, et en la présence du nouveau commandeur Moustachon : Cette petite négresse c'est comme un grand lac tranquille, ça ne bouge pas, ça ne parle pas, ça ne rit pas, ça pleure silencieusement s'il lui arrive quelque chose. Une telle parole avait du poids dans sa bouche, et c'est pourquoi jamais on ne s'en prenait à

Louise dans la cuisine, ni pour un geste, ni pour une vilaine façon, ni même pour grignoter un peu de son corps. Aussi fut-elle un instant surprise, en fin d'après-midi, de voir Man Artémise se précipiter sur elle et, la saisissant violemment par le bras, de crier sur son corps à tue-tête : Qu'est-ce que j'entends, qu'est-ce qu'on raconte, mes oreilles ne seraient-elles pas devenues folles, par hasard ? Man Artémise avait brusquement l'air d'une chabine sept fiels. Ses paupières s'étaient baissées sur ses yeux, et il ne restait de la belle lumière bleue que de courts petits éclairs espacés, cependant qu'elle se prenait maintenant aux cheveux de l'enfant Solite, la traînant sur le sol de la cuisine et s'écriant, tous les trois pas : Une petite négresse d'abîmes, aller blasphémer comme ça le nom du Seigneur ?... Et ça ne dit rien, ça ne pleure pas, ça ne crie pas, à croire qu'elle a son démon acolyte, là, dans son dos, qui l'aide à prendre des coups ?... Est-ce que j'ai vu Jésus, moi ?... Est-ce que j'ai même vu la Sainte Vierge ?... Est-ce que j'ai seulement vu le plus petit des jolis anges qui tournent autour du trône ?... Et qu'est-ce qu'il viendrait faire Notre-Seigneur par ici, dans ces terres de cannes et de manioc pourri, à se présenter devant une petite négresse à diable, si noire que bleue ?... Dites-le-moi vermine puante, chenille, poussière ?... Man Artémise ne riait pas, elle ne prenait pas ça à la légère, à la rigolade, comme toutes les autres personnes depuis l'aube. Elle était en colère, elle s'imaginait qu'un démon acolyte aidait Louise à prendre des coups, elle était certainement à cent lieues de se douter de ce qui se passe quand vos cheveux tendent la peau de votre crâne et tout ça. Mais l'intérieur de son corps chantait cependant que ses chairs voltigeaient dans toute la cuisine, car ceci également faisait partie de ce qu'elle avait appris, dans le courant de la nuit, et ceci également était Jésus. C'était comme si ses yeux avaient toujours été fermés, et comme s'ils s'étaient brusquement décillés. La seule chose qu'elle regrettait, c'était de ne pouvoir regarder Man Fatoum, ou madame de Montaignan, ou d'autres personnes mortes qu'elle avait connues, de ne pouvoir les regarder avec ses yeux ouverts, et les recevoir en elle comme si elles étaient chacune la personne même du Christ. Mais ceci également faisait partie de ce qu'elle savait maintenant, et ceci également était Jésus, se dit-elle avec émotion, cependant que son crâne faisait éclater un canari au coin du feu. Et puis il y eut un calme dans sa tête, et elle pensa qu'il en allait ainsi de toutes choses désormais : les peines n'étaient plus des peines, et les « chagrins » les plus vifs étaient comme des cris qui emplissent le ciel, et puis soudain refluent, faisant place au silence et à tout ça, tout ça, tout ça. Et la voix de Man Artémise s'éleva tout près de son visage : Alors maintenant qu'est-ce que tu dis, hein ? L'enfant Solite ouvrit les yeux et reçut Man Artémise comme la personne même du Christ. La voix de Man Artémise était inquiète, ses beaux yeux redevenaient tout bleus, brillants comme le ciel après la pluie, et n'osant leur faire de nouvelle offense, l'enfant Solite esquissa un sourire qui exprimait peut-être ce que Man Artémise attendait : et tout redevint parfait.

L'effet curieux de ce sourire sur Man Artémise avait beaucoup frappé l'enfant Solite. Le sourire l'avait calmée et aussitôt après le temps était redevenu lui-même, il s'était arrêté de couler, il s'était immobilisé dans l'air, doucement figé, tel un arc-en-ciel tremblant dans l'immensité. L'enfant Solite n'avait pas perdu la leçon de ce sourire. Chaque fois maintenant qu'on l'entreprenait sur Jésus, soit sous la forme d'une injure ou d'un quolibet, elle répondait par le sourire et les gens se calmaient, ils en semblaient contents, rassurés.

Elle se serait cru en paradis quand un jour Lobanga l'arrêta à l'entrée de l'écurie, et elle pensa qu'il voulait recommencer à manger de son corps, comme autrefois. Elle pencha la tête sur l'épaule, avec soumission, et à ce moment elle remarqua que la bouche de Lobanga faisait une grimace, cependant que ses beaux yeux de cheval tranquille étaient pleins de choses mystérieuses, inconnues d'elle, mais où semblait ne figurer aucun mot qui relève du corps vivant de la femme. Soudain Lobanga se pencha, saisit les frêles mains de Louise, les emprisonna avec force, et lui demanda d'une voix grave ce que Jésus lui avait dit concernant la position du nègre. Toute sa vie elle devait s'en souvenir, à savoir : ce que Jésus lui avait dit pour ce qui est du nègre sur la terre et au ciel. Or, Jésus ne lui avait rien dit à ce sujet, il ne lui avait même rien dit du tout : il était demeuré silencieux. Une grande vague de honte la submergea à cette pensée et, bien qu'avec effort, elle réussit à tirer de sa bouche un maigre sourire, le sourire même que Lobanga attendait pour lui envoyer une injure, un mépris, ou une fine remarque bien salée. Mais, chose extraordinaire, Lobanga ne comprit pas du tout ce que voulait dire la bouche de l'enfant Solite ; et, sitôt qu'il la vit sourire, sa grande bouche noire se dilata d'espérance tandis qu'il s'écriait : Et tu crois vraiment qu'y va sauver la couleur, qu'y va nous tirer des griffes de Satan : et quand ça ? Quand ça ? Et prenant un air mystérieux, comme s'il s'agissait là de choses saintes, destinées à rester cachées, il contempla un instant l'enfant Solite, lui comprima douloureusement les mains, et puis s'en alla en secouant la tête en tous sens, comme font parfois les nègres ibos au cours de la danse Arada. Tremblante, à court de souffle, l'enfant se demanda quelle mouche le piquait. Malheureusement, cet homme-là n'était pas le seul à *étudier la folie*, car à peu de temps de là, comme elle amenait de l'eau fraîche aux grageurs de manioc, un esclave hirsute et dégingandé s'interposa sur son passage, et soudain intimidé, les bras ballants, il chuchota d'un air extasié : Le nègre est grand, le nègre est grand, rhoye, rhoye, Seigneur, qui aurait dit que le nègre est si grand ? Puis il posa une main contre sa bouche, comme s'il craignait d'en avoir trop dit, et gardant toujours les yeux écarquillés sur l'enfant Solite, il recula jusqu'à ce que l'ombre bruyante de la gragerie l'eût englouti. Après cela les événements se précipitèrent, si terrifiants qu'elle en oubliait parfois d'arrêter le temps, et dégringolait de longues et mortelles minutes, aveugle, sourde et muette, avant que sa tête ne se remette en place sur ses épaules. Ce furent d'abord tous ces petits coups d'œil en coulisse, n'importe où, à la cuisine, dans le dortoir, à la distillerie comme au moulin, il suffisait qu'elle se retourne pour voir des yeux posés sur son corps vivant, et toujours avec la même expression implorante, confidentielle et ravie, de sorte que c'était quasiment la même paire d'yeux qui la poursuivait tout au long de la journée, dans le même visage à la fois terrible et déchirant, d'homme, de femme ou d'enfant. À deux ou trois reprises les yeux se rapprochèrent et on lui prit les mains, et elle ne savait qui, elle ne savait jamais qui, trop aveuglée par son « chagrin » peut-être, ou trop soucieuse de recevoir ces mains comme celles de Jésus-Christ. Et puis le mal empira, la folie prit des proportions inouïes, et il y en eut qui lui parlèrent, et chacun d'eux avait son idée sur ce que lui avait dit le Sauveur. Et quand les paupières de l'enfant n'acquiesçaient pas, ils la grondaient doucement.

3

Le 15 novembre 1817, la chabine Artémise empoigna l'enfant Solite et la conduisit chez monsieur La Flèche, qui la fit mettre sur l'heure au cachot. Le curé de Sainte-Philomène vint dans l'après-midi, il prononça des exorcismes, jeta de l'eau bénite, secoua sur la démoniaque le bas de sa chasuble, mais en vain ou du moins, sans effet appréciable. Le lendemain on la passa solennellement à quatre piquets, devant toute l'assemblée d'esclaves de l'ancienne habitation de Montaignan. La rigoise ne visait que le bas des reins, car l'enfant était encore à l'état de promesses, et un écart de trajectoire, un « enroulement » pouvaient la mutiler. Cependant, quand elle reprit conscience de son corps vivant, dans la pénombre du cachot, toutes sortes de consolations l'attendaient, plus douces les unes que les autres. Elle se mit à genoux, posa ses coudes sur la terre, comme il convient après un quatre piquets, et se souvint de sa grande peur, la veille, quand monsieur le Curé avait secoué sa chasuble sur son corps vivant. Mais maintenant elle ne craignait plus, elle ne doutait plus, elle savait ses affaires, elle se sentait plus proche que jamais de Notre-Seigneur, d'une proximité éblouissante. Elle souriait encore à tout cela, l'aube venue, quand on la remit entre quatre piquets, et le commandeur Moustachon proféra gravement : Regardez-moi cette petite négresse, regardez ; la terre de son front est un bloc de terre raide et compact, cette terre-là ne laisse rien filtrer, ça ne connaît ni bien ni mal ; tout flotte à l'extérieur, tout reste là, à flotter, oui. Mais le troisième jour, comme on la portait au supplice, une inquiétude lui vint en longeant la haie de nègres de cannes, à cause de leurs yeux, peut-être, qui semblaient tout enflés sur leurs visages, un peu comme ceux des nègres marrons qu'elle avait connus dans les temps anciens, elle ne savait plus, elle se sentait couler, fondre en enfance, très loin jusque dans les temps de Man Fatoum et de madame de Montaignan. Et puis la haie de nègres de cannes se défit, elle entendit une sorte de rumeur, suivie de cris, et on la ramena précipitamment au cachot. Le soir venu, monsieur La Flèche la faisait conduire en prison de Saint-Pierre. Elle y resta trois mois, avant de venir à résipiscence... Dès le début, une dénommée Pisquette la prit en amitié : c'était une personne grisonnante et gaie, toute d'eau salée, avec des gestes vifs, des yeux fureteurs, et une flexible voix d'entrailles dont elle jouait comme d'une corde à violon, parlant ou chantant ou modulant des exclamations infinies, ce qui était une seule et même chose pour la sainteté de son gosier. Toute son allure, ses trémoussements, cette vivacité onctueuse étaient d'une pisquette, alevin minuscule qui foisonne dans les embouchures, là où l'eau douce a déjà goût de sel, et dont les maîtres sont friands sous la forme de friture à l'huile de palmiste, assaisonnée d'agrumes frits, de piments et d'un zeste de citron. Mais elle devait surtout son nom à ces rayures mauves, roses ou blanchâtres qui striaient dans le sens de la longueur son bel épiderme Congo, et qui lui faisaient indéniablement une robe de pisquette frite. Elle était en prison ; elle était la prison depuis quinze ans, et le nom et la robe lui étaient venus en ces eaux. Elle s'y sentait maintenant chez elle, elle entrait et sortait, soignait, lavait, cuisinait pour le mess, liait et déliait, faisait la pluie et le beau temps, se disait fonctionnaire. Tous les lundis matin, après le « bal » hebdomadaire, elle passait sur les reins de Louise un onguent de fraîcheur aux allures suaves de roucou, puis une mixture qui arrêtait le sang, et, enfin, un « remède » de sa composition destiné à lui donner un derrière lisse et dur comme du fer. Elle lui avait appris comment dormir à genoux, un côté du corps contre la muraille, et une jambe légèrement de travers. Elle lui avait appris toutes sortes de chansons, de bons mots, de devinettes, de proverbes africains qu'elle rendait en créole. Mais à son grand regret, elle n'arrivait pas à lui enseigner ce qu'il en est de Satan, et des chemins qu'il prend pour « couillonner » le nègre, pourtant son os et sa chair. Elle était rusée comme un poulpe, et quand elle venait le dimanche soir, il lui arrivait de pleurer pour décider l'enfant à se « repentir » le lendemain. Elle-même avait commis bien des crimes avant de se « repentir », elle connaissait donc, elle savait, sa parole n'était pas un crachat sec. Infatigable, jamais lassée des silences de l'enfant, ni de ses sourires, elle reprenait toutes choses depuis le commencement, depuis le jour où Satan était entré en révolte contre le Bon Dieu, là-bas, quelque part en Guinée, entraînant toute sa suite et son sang dans la malédiction. Elle connaissait toute cette histoire sur le bout des doigts, elle-même avait longtemps marché sur les traces du Diable, faisant l'infernale de toutes les manières avant que le Bon Dieu ne lui courbe la nuque, définitivement.

Ah, elle en avait fait de belles, et quand elle pensait à ses anciennes manigances, elle avait le souffle coupé devant la noirceur de son âme. Pourtant le Bon Dieu ne demandait pas grand-chose, tout ce qu'il voulait, c'était que le nègre se jette à genoux. Simplement ça : qu'il se jette à genoux, et se lave de ses péchés en son cœur. Quant au reste, il hochait la tête en souriant, il nous voyait faire nos coups de nègres sans se fâcher, nous sachant incapables de lire les petites lettres et quasiment de séparer le bien du mal. Oui, estimait Man Pisquette, le Bon Dieu demandait seulement que chacun mange son manger : Voilà, jeune fille Solite, que chacun mange son propre manger, car toutes les nourritures sont bonnes et c'est les paroles qui ne sont pas bonnes. Et soudain emplie de ferveur, Man Pisquette joignait fiévreusement ses mains, arrondissait une bouche étonnée, et murmurait en un modeste élan musical : Y a des jours où on se sent bien en négresse, y a des jours comme ça, je vous jure !...

L'enfant Solite se taisait et souriait de ce sourire étrange, de ce visage étrange que la prison n'atteignait pas et qui luisait continûment dans l'ombre, tandis que les paroles de Man Pisquette l'environnaient, l'encerclaient de leurs rets insidieux, de leurs vrilles. Tout en elle était en dépit du bon sens, tout marchait la tête en bas et les jambes au ciel. Ainsi, le lundi matin, quand les « porteurs » la ramenaient dans sa cellule, elle s'arrangeait toujours, dans le couloir, pour effleurer la joue de Man Pisquette ou son oreille, ou l'air de ses yeux, comme si ce fût elle la consolante et non pas la personne à consoler. De tels gestes en telle position, flanquée sur les rudes épaules des « porteurs », et puis aussi les sourires de l'enfant, certains de ses silences, avaient le don de « chagriner » furieusement Man Pisquette. Elle essayait des larmes, tempêtait même parfois, mais rien n'y faisait. Vers la fin janvier 1818, un soir qu'elle s'efforçait d'amener l'enfant au « repentir », celle-ci prit appui contre l'œillet de fer, releva la tête, et murmura : Ah, ah, on se sent bien en négresse ? Elle avait un air de douleur, ses traits semblaient flétris dans la grisaille, et ses épaules étroites se rapprochaient, frissonnantes. Soudain Man Pisquette comprit le sens caché des paroles, reconnut la douleur d'âme de l'enfant, et, le cœur serré d'un remords, elle prononça gravement les mots suivants : Mais peut-être bien que c'est Jésus que t'as vu, ma jolie, ma toute belle : peut-être bien que c'est quasiment lui ou tout comme, hein ?

Cependant, l'enfant secouait doucement la tête, s'efforçant de sourire ; et soudain deux grosses larmes s'échappèrent de ses yeux et, s'étalant sur ses belles joues noires, les firent briller comme des glaces dans l'ombre, un court instant...

*

* *

Quand l'enfant Solite sortit du cachot, quelques jours plus tard, ses plaies les plus fraîches un peu refermées, elle connaissait désormais sa place sur la terre des hommes et elle était bien décidée à ne jamais l'oublier ; dût le ciel se fendre, et la terre elle-même manquer à ses devoirs, Louise, quant à elle, se tiendrait rigoureusement à cette place jusqu'à son dernier souffle : la place, le lieu, la hauteur d'une petite négresse si noire que bleue, ni plus ni moins méritante qu'une autre, ni plus ni moins aimée de Dieu, ni plus ni moins maudite.

À deux ou trois exceptions près, les événements ultérieurs de sa vie méritent à peine qu'on en fasse mention. Ses joies, ses souffrances devinrent très ordinaires, et ses pensées elles-mêmes prirent le cours de millions d'autres pensées, qui s'élevaient, buée tremblante, invisible, de la terre des Amériques. Elle avait toujours un peu souffert de la tête, mais il advint que les malaises allèrent empirant, à son retour. C'était un peu comme le mal de tête des nègres nouveaux : déchirement, fêlures, brouillards qui s'effilochent à l'intérieur du crâne. Les vieux lui disaient de prendre patience, que ce mal irait diminuant, jusqu'au jour où son cerveau serait recouvert d'une corne aussi dure que la plante de ses pieds. Il est vrai qu'il en advint ainsi, un beau jour, les sensations lui parvenant encore, mais étouffées, amorties, comme la forme des cailloux sur la plante nue de ses pieds. Elle ressentit alors une gratitude mystérieuse à l'égard de son corps, ce refuge fragile, précieux, dont le maître ne pouvait se défaire sans s'appauvrir lui-même. Elle s'ouvrit à la langue créole. Elle comprit les mots prononcés par ceux dont le corps était devenu citadelle. Elle devint naïvement bœuf, mangouste, poule, chien, oiseau dans l'air, poisson dans l'eau, insecte, ver. Elle se mit à savourer l'expression créole : *cô en moin*, mon corps à moi, par laquelle les nègres d'eau douce désignaient non pas tellement l'enveloppe charnelle que l'ombre fantomatique qui s'y était réfugiée. Ô mes amis que mon corps est triste ce matin, disait une chanson qu'elle aima.

Elle n'osait plus s'adresser à Jésus-Christ, en raison du scandale passé, et ses dévotions allaient désormais à la Vierge Marie, et plus précisément : à Notre-Dame Altagrâce, dont les secours tombent jusqu'aux fourmis, jusqu'aux brins d'herbe. Mais il arrivait encore qu'elle sentît la présence de Jésus, de façon fortuite, imprévisible, que ce soit devant la créature humaine ou devant rien, devant le simple spectacle des choses ; et elle s'en inquiétait grandement, se demandait quand ça le démon la laisserait en paix. Si la « chose » se produisait le soir, sur sa couche, elle saisissait le rosaire qu'elle s'était fait avec cent cinquante graines zagadis, intercalées, à chaque dizaine, par une graine de balisier pour les Gloria, et s'achevant par une petite croix de bois pour l'Adoration. Elle murmurait, l'un après l'autre, d'un rythme lent, les Ave Maria, un grain conduisant au grain suivant, jusqu'à ce que le tiraillement sur le fil se confondît avec le mouvement de son cœur, le souffle apaisé de sa respiration. À ce moment elle rentrait à l'intérieur de son corps, le péché courait doucement dans son sang, elle s'endormait d'un beau sommeil. Mais si la « présence » se manifestait en plein jour, point n'était besoin de filer son rosaire, même en esprit. La « rentrée dans le corps » se faisait alors avec une aisance merveilleuse. Il suffisait qu'elle porte son attention sur ses compagnons de travail, sur leurs mouvements, sur leurs paroles, telle ou telle fantaisie de visage, et aussitôt elle devenait tout membres et entrailles. On l'affectait tantôt au moulin, avec celles qui sont chargées de mettre les cannes sous les rouleaux ; et tantôt c'était aux chaudières, pour l'écumage du sucre. Mais elle préférait les chaudières au moulin, car ce dernier travail se faisait entre femmes, on y gardait ses vêtements, à cause des piques de cannes, et pour peu qu'on entre trop profondément dans son corps, une main s'avançait à l'endroit où les tambours se touchent et le bras suivait jusqu'à l'épaule. Tandis que l'écumage se faisait avec les hommes, la chaleur, la nudité forcée vous entraînaient dans votre sang, et si la besogne se poursuivait durant la nuit, les maîtres vous donnaient des « bouts » de pétun et vous obligeaient à chanter pour ne pas tomber dans les chaudières. L'écumage, c'était une immense paix, la certitude, la chute. Parfois un homme la saisissait derrière une chaudière, elle ne voyait pas toujours qui, elle se demandait. Et puis elle revoyait Man Pisquette, elle entendait ses paroles, elle se répétait qu'il n'est pas bon pour le nègre d'être « méritant », qu'il est dans sa nature de pécher, que sa vertu a une odeur de soufre : et elle se serrait mieux contre l'homme, elle se donnait avec délice en nourriture. On la taquinait un peu au sujet de sa voix frêle, de ses seins, dont l'un était plus aigu que l'autre, et surtout de son derrière que les « remèdes » de Man Pisquette avaient rendu lisse et blanc comme l'ivoire. Mais elle en était secrètement fière, ses chairs s'épanouissaient, elle devenait fondante, on l'appelait maintenant du côté des chaudières : Melon Doux.

Les dix années qui suivirent n'offrent rien de marquant ; l'esclavage est monotonie, désert, ennui, c'est un malheur qui vous met en dessous de votre propre pitié, et si la douleur vous inspire parfois des cris, c'est comme en sommeil : les yeux de l'esclave ne s'ouvrent pas. Louise vivait profondément à l'intérieur de son sang. La venue d'un enfant ne l'en distraya pas, ni même le fait que s'accrochait à son flanc le plus beau négrillon du monde, avec des cheveux de laine fraîche, des membres d'huile douce, onctueuse, et de grands yeux étonnés de femme peinte, aux paupières marquées d'un cerne bleuâtre du plus joli effet. À cette époque, la fille de madame de Montaignan réapparut dans la plantation ; elle était veuve, elle se sentait un peu lasse, elle revenait aux lieux de son enfance. Mais avec son mari elle avait pris le goût du personnel stylé, elle aimait les dîners à grands couverts, il lui fallait deux rangs de serviteurs derrière les convives, et des légions de soubrettes, de femmes de chambre, de cocottes à tout faire. L'enfant de Louise lui fit remarquer la mère, elle se souvint, la fit parler, apprécia son maintien et sa religion, la porta aux honneurs suprêmes du service de table. Elle adorait croiser le nègre, elle était savante en cet art, et, de temps en temps, elle poussait dans la case de Louise un étalon de son choix. Un, deux enfants survinrent encore ; Louise les regardait partir sans paroles, sans un cri. Mais le troisième lui noya le cœur, car madame de Vinteuil le destinait à la plantation Saint-Valez qui avait fort mauvaise réputation. Louise eut un léger éblouissement, elle se jeta aux pieds de madame de Vinteuil et dit : Maîtresse, maîtresse, pas à monsieur de Saint-Valez, car cet homme-là cloue trop d'oreilles, il cloue tout bonnement trop d'oreilles. Elle ajouta avec une insolence légère les mots suivants : Maîtresse, je suis votre main, je suis votre pied, je suis la poussière sous vos pas. Quelque temps plus tard, elle se retrouvait seule dans sa case, une fois de plus, quand on y poussa un zambo-Caraïbe d'une trentaine d'années, venu en droite ligne de la Dominique. L'homme la regarda d'un air fâché, s'allongea par terre en maugréant, et s'endormit. Il ouvrit la bouche au bout d'une dizaine de jours, mais ce fut pour lui parler comme si elle était un homme, ou bien comme s'il était lui-même une femme ; enfin, que dire ? Comme s'ils n'étaient pas mâle et femelle dans une case. Cette attention la toucha beaucoup, elle répondit sur le même ton, lui à un angle de la case, elle à l'angle opposé, et c'est ce soir-là que son âme émergea légèrement de son sang, pour la première fois depuis des années. Soudain, comme un silence était venu entre eux, ils s'examinèrent avec attention et éclatèrent de rire, ensemble, comme s'ils se connaissaient déjà. Plus que ses paroles, c'était peut-être sa façon de rire, de se taire qui tira Louise de son sang, les nuits suivantes, lentement, comme une bête nocturne qui émerge de son terrier. Il serrait les lèvres, il la regardait attentivement, et comme elle, il était pleinement présent, pleinement là, dans la case, tout entier sorti de son corps vivant, et réduit pour ainsi dire à deux petits yeux qui voletaient, égarés, insouciants, sur l'inexistence de leurs vies. La pauvre Louise se sentait obligée d'en faire autant, elle s'extirpait doucement de son sang, avec des soupirs, et tous deux gardaient ensemble le silence, lui à un angle, elle à l'autre. Et puis un soir le zambo ne réapparut pas, on l'avait poussé ailleurs, sans doute, et trois, quatre, cinq, six, sept années s'écoulèrent avant qu'un nouvel événement se produisît dans la vie de la femme Solite...

Elle avait alors une trentaine d'années, elle était au plus haut de sa beauté terrestre. La vie dans son sang l'avait préservée des atteintes des temps. Elle semblait presque une jeune fille, avec son crâne rond, hérissé de mille pointes à la mode, queues de rat, dont les plus longues retombaient en pluie sur sa nuque. Son visage était un peu disparate, le nez courbe et trop long, des yeux sombres et trop vastes, un peu exorbités, semblait-il, et lui donnant la majesté paisible et recueillie d'un oiseau de nuit, hibou, chat-huant, ou plutôt petite chouette à houppe frisottante. Mais ses traits avaient conservé toute la finesse, tout le jus de l'innocence, et sa peau était un seul lac noir et sombre sous le ciel, un lac tranquille, profond comme la nuit du regard, et traversé d'une sorte de frémissement perpétuel qui donnait à ses moindres pas, à ses moindres gestes et même aux postures d'immobilité, un certain air de danse. Elle savait bien que cette jeunesse, cette lumière lui venaient à baigner dans son sang, jour et nuit, sans jamais sortir de son « corps » un seul instant, et c'est pourquoi elle lavait ses cheveux avec gratitude, mangeait en mastiquant mais très lentement, d'un air pénétré, extatique, et revêtait les attributs de la salle à manger – jupe à retroussis, cotillons, corsage cintré – avec la coquetterie dont elle aurait usé pour l'un de ses propres enfants ! Elle faisait toutes choses dans la vie d'un air maternel, paisible, recueilli. Mais un jour qu'elle transmettait au majordome le vaste plateau à poisson, le singulier manège d'un convive la plongea dans l'angoisse. C'était un de ces blancs sans terre qui errent dans les mornes, un peu conteurs, colporteurs de nouvelles, marcotteurs hors pair, habiles à réparer toutes choses ; un blanc de France, sans doute, car il parlait extrêmement pointu, tortillait sa moustache, maniait ses oreilles comme font tous les blancs qui viennent de l'autre côté de l'eau. Mais l'angoisse de Louise tenait tout entière dans le regard scrutateur que l'homme portait sur son corps vivant, sur ses bras vivants, sur ses joues vivantes. Pourtant ce n'étaient pas les yeux d'un chrétien qui veut manger de son corps, c'était autre chose et elle ne savait quoi : on eût dit que ce petit blanc sans terre la *reconnaissait*. Enfin, comme elle rejoignait l'office, jetant un coup d'œil par-dessus son épaule elle vit la même paire d'yeux fixée sur elle, cependant qu'il gardait sa cuiller à soupe en l'air, la bouche ouverte, le blanc.

Plus tard, les convives s'étant dispersés, il y eut la cérémonie traditionnelle du pliage de serviettes. C'était un des moments les plus heureux dans l'existence de Louise. Man Artémise arrivait d'un air concentré, et examinait avec le plus grand soin les serviettes de table laissées à leur place par les convives, les tournait, les retournait dans tous les sens, les pliant les unes après les autres, d'après leur degré de souillure, et gardait toujours la plus sale pour la fin. Alors elle l'étalait bien sur la table et laissait s'exhaler sa tristesse et son indignation.

– Ah, disait-elle, quand on sait qu'on est un cochon,

quel besoin de se mettre à table, c'est pas une serviette que ce monsieur méritait, c'est un torchon, car les torchons vont avec les torchons et les serviettes avec les serviettes. Voilà comment je comprends les choses. C'est beau de voir quelqu'un qui sait maintenir son décorum à table. Prenez la serviette de monsieur le Curé, par exemple : vous pouvez la tourner dans tous les sens que vous voulez, à l'envers comme à l'endroit, tout est propre. Il sait se tenir à table, il ne met pas ses doigts dans tout le manger pour les essuyer après dans une serviette. Tout est coupé au couteau, sa bouche n'est jamais brillante de graisse, il sait, il connaît la façon de manier une fourchette, parlez-moi d'une chose comme ça : voilà, voilà un blanc qui mérite bien le nom de blanc !...

Ce jour-là, la verve de Man Artémise s'exerça tout particulièrement contre la serviette du petit blanc de France, mais elle demanda d'abord à savoir comment il se nommait, car elle avait pour principe de ne jamais parler d'un blanc sans lui donner son nom. Un laquais déclara savoir qu'il s'agissait d'un dénommé Nestor Legrandin, un de ces « nègres du pays blanc » qu'on voit aujourd'hui, et qui reprennent le bateau le lendemain. Il était très fort dans les « rafraîchissements », légumes verts, salades, et madame de Vinteuil l'avait fait venir pour lui planter quelques pieds de vigne. Mais Man Artémise n'en demandait pas tant, elle avait le nom de son blanc, c'est tout ce qu'elle voulait savoir et aussitôt elle se mit à rire aux éclats, s'adressant à toute sa petite cour de fidèles : Aïe, mes chères enfants, mes toulouloutes, il y a des choses qui sont laides quand même, dans la vie ; quand je pense à la manière dont ce monsieur Legrandin me laisse une serviette après un seul petit repas, c'est trop laid, ça mérite qu'on en parle et qu'on en rie... Et là-dessus, elle repartait de rire, cette pauvre Man Artémise, elle s'étouffait déjà, avec ses gros seins qui avaient l'air de l'attirer vers le ciel, comme des ballons ; et tout le monde de s'esclaffer derrière elle, après un petit temps de respect, cependant que Louise se demandait avec inquiétude ce qu'il en était, de ce petit blanc sans terre, avec son air de la reconnaître, avec ses cuillers en l'air et ses bouches ouvertes, et ses serviettes de table qui méritent bien qu'on les appelle torchons, ah oui, alors...

Elle le revit encore à deux ou trois reprises et puis il disparut, et Louise s'en trouva bien aise car chaque fois madame de Vinteuil la faisait aller et venir, sous toutes sortes de prétextes, afin que cet homme puisse mieux la regarder. Plus tard, elle apprit que madame de Vinteuil l'avait vendue huit cent cinquante livres, plus un an de

« rafraîchissements » pour sa maison, plus la taille et les soins de la vigne jusqu'à maturité. Le prix élevé venait de ce qu'elle avait de la religion, ce qui augmentait considérablement sa valeur. Des mois passèrent, mais elle ne savait rien des tractations, elle avait déjà oublié les yeux de cet homme quand un jour on lui dit de se laver, de prendre ses affaires et de venir au salon. Elle avait maintenant six mouchoirs, une cotte, un madras calendé, une belle culotte des dimanches et un rosaire avec une croix d'argent. Madame de Vinteuil lui remit un gros sou en cadeau et elle partit avec son nouveau maître. L'homme lui avait mis la corde au cou, mais au bout d'une heure de marche, il s'arrêta, vint près d'elle et, défaisant la corde, la jeta sur le bas-côté du chemin. Les gestes de monsieur Legrandin étaient rudes et violents et, soulevant un instant ses paupières, Louise vit que les sourcils de l'homme étaient terriblement froncés et elle s'inquiéta, se demanda comment elle avait fait pour déplaire aussi vite à son nouveau maître. Puis elle ne vit plus que les pieds de l'homme, et elle l'entendit qui disait d'une voix sarcastique : Sacré Nestor, va. Quand il se remit en marche, elle attendit la distance réglementaire, une dizaine de pas, pour lui emboîter le pas. Mais alors elle s'aperçut qu'il ralentissait, arrivait à sa hauteur, et pensant qu'il voulait la voir marcher devant lui, par précaution d'usage, elle accéléra aussitôt sa démarche de façon à se trouver dans le champ de vision de l'homme. Mais ce n'était pas non plus ce qu'il voulait, car bientôt il arrivait à sa hauteur, le souffle court, mâchonnant vaguement quelque chose, et elle se désola tout à fait, elle se demanda s'il allait la battre, et ainsi se passa le trajet jusqu'à Saint-Pierre où l'homme obliqua en direction de la montagne, ou plutôt des mornes qui s'étageaient sur la droite du volcan. Une fois arrivés dans un sentier d'ombre, l'homme s'assit soudain et ouvrit sa besace, en tira une bouteille et des tranches de pain entrelardées de morue frite. Louise se tenait à distance, découvrant les grosses moustaches claires, la barbichette, les joues, le cou, les bras pareils à de la brique, et les mains qui semblaient des mains de nègre des cannes, avec des os pointant, des bourrelets de corne, et des ongles plats et noirs. L'homme souleva la tête, arrêta de mâcher, et de nouveau ses sourcils se rejoignirent violemment. Puis il se leva d'un coup de reins, s'approcha de Louise et lui tendit une tartine, la fit boire au goulot. C'était de la douce eau de coco, mais Louise avait tellement peur qu'elle s'étrangla, fit se perdre un peu de liquide. Alors l'homme abaissa la bouteille, retira le goulot de la bouche de Louise, et se mit à mastiquer bruyamment, debout à côté d'elle. Ils arrivèrent à la nuit devant une grande case de bois, qui semblait toute neuve, avec des sortes de jardins, des fleurs autour de la véranda, et une haie violette au bord du sentier. Dans la salle, il y avait un matelas enroulé, suspendu au plafond par une corde, une table taillée à coups de hache, deux caisses pour s'asseoir. C'était une case de « pauvre blanc ». L'homme descendit le matelas, l'étala dans un angle, posa deux couvertures et un polochon qui se trouvaient dans le matelas enroulé. La cuisine était au-dehors, trois pierres sous une hutte de branchages. L'homme fit chauffer un faitout de châtaignes épluchées dans de la salaison, revint à la salle et s'assit devant une des deux assiettes en fer. Il remplit son assiette, se gratta la tête, remplit la deuxième assiette, coula vers Louise un regard en dessous, se gratta la tête à nouveau. Au bout d'un certain temps, Louise fit un pas en avant, saisit son assiette et fit deux pas en arrière. Quand ils eurent terminé, l'homme souleva la petite lampe à huile et passa dans une pièce voisine dont il revint, presque aussitôt, avec une bouteille de vin et un joli verre à pied. Il remplit soigneusement son verre, avec précaution, le tourna, le porta à hauteur d'yeux, puis but la tête penchée, fit claquer sa langue et emplit un deuxième verre avec le même cérémonial. Alors il s'approcha de Louise, et lui parlant pour la première fois il dit : Prends, prends, ma petite négresse.

Et il y eut cette nuit, et il y eut la journée du lendemain et il y eut d'autres nuits et d'autres jours qui s'écoulaient sur le corps de Louise, comme des vagues sur l'écaille d'un poisson. Ah, se disait-elle parfois, le Seigneur hache, le Seigneur coupe, et la vie pleure et crie, et la vie rit, et les blancs eux-mêmes ne savent pas tout. Le soleil se montrait tôt, mais Louise se levait encore plus tôt que lui. Elle faisait le feu, grillait du café vert sur une plaque, le moulait, le coulait, portait le liquide fumant à monsieur Legrandin. Elle balayait la case, la véranda, les abords, la terre au pied de l'escalier, elle allait chercher du bois, désherbait, elle s'occupait dans le jardin, uniquement des « légumes-pays », monsieur Legrandin ne confiant à personne le soin des « légumes-France » qui étaient son revenu, et dont il était seul à connaître les secrets. Après cela, elle fouillait quelques racines pour le repas et mettait la nourriture des porcs sur le « foyer », trois roches qu'elle avait placées sous un énorme arbre à pain, tout près de l'abri où se trouvaient les cochons-planches. Elle ne voulait de personne pour les gros travaux, elle disait que si elle recevait de l'aide, sa cervelle ne serait pas en repos, et, comme ce qu'elle préférait était de sentir frais son front, elle ne permettait pas à monsieur Legrandin de soulever l'énorme baille brûlante de pitance au porc. Quand monsieur Legrandin descendait à Saint-Pierre, il partait de très bonne heure, sa bourrique chargée de « rafraîchissements » pour le marché ; et, postée derrière un arbre, Louise pouvait les voir côte à côte qui descendaient le sentier, et parfois même, le vent lui apportait des paroles de son maître, même de très loin, déjà devenu invisible : Allons, allons Bichette, la misère n'est pas la mort, dépêche-toi, la petite négresse nous attend, allons. Mais quand il ne descendait pas en ville, il aimait prendre son repas à heure fixe, à midi, avec sa bouteille de vin bien plantée au milieu de la table. Louise le servait silencieusement, et tandis qu'il mangeait, elle visitait et nettoyait ses lapins, ou bien elle s'asseyait sur la dernière des deux marches qui séparaient la case de la véranda, et elle hachait l'épaisse pulpe des noix de coco sèche pour les donner à ses poules avec des bananes jaunes. Tandis qu'elle s'occupait ainsi, elle avait déjà mis sur le feu le souper de monsieur Legrandin, et, vers les cinq heures de l'après-midi, elle s'asseyait de nouveau sur l'avant-dernière marche qui sépare la case de la véranda, et elle prenait son unique repas, lentement, tranquillement, à même le faitout. Elle se mettait toujours à son aise pour manger. Elle desserrait le mouchoir avec lequel elle avait attaché ses reins, elle repliait ses deux jambes en arrière, posait le faitout à sa droite et elle y puisait avec un si grand détachement qu'on n'aurait pas cru qu'elle se nourrissait de morceaux de bananes-poteaux, mais de rêves. Quand il la voyait ainsi assise, monsieur Legrandin savait que la journée était sur le point de se terminer ; après, c'était le moment où elle se promenait un peu dans l'allée, ou bien elle enlevait les mauvaises herbes des belles-de-nuit, des roses et des tubéreuses, dont monsieur Legrandin avait entouré la case, et puis la nuit tombait, elle allumait les deux lampes, la plus petite pour la nouvelle cuisine, la plus grande suspendue au milieu de la porte de communication du « salon » et de la « salle à manger », de manière que les deux pièces soient éclairées. Alors monsieur Legrandin fouillait dans sa pile de vieux journaux de France, et Louise raccommodait, rangeait ou repassait le linge. Monsieur Legrandin connaissait bien les petites lettres, il posait son doigt sur le journal et il avançait doucement, à haute voix, de façon que l'oreille attrape ce que les yeux n'avaient pas saisi. Parfois les petites lettres l'excitaient, et il se mettait à parler en français de France, tout seul, mais sans regarder Louise, au contraire, en se tournant dans une autre direction, comme s'il s'adressait à quelqu'un qui comprend le français de France, quelqu'un de caché dans la case. Et une parole en entraînait une autre, son excitation grandissait, il remuait des épaules, clignait des paupières, lançait ses bras en l'air de telle sorte que Louise se voyait obligée de lui dire, sur un ton empreint de déférence, mais non dénué de fermeté : Ciel adorable, monsieur Legrandin... si vous continuez à secouer votre corps ainsi, vous allez vous sortir les deux yeux de la tête, le savez-vous ?... Alors monsieur Legrandin se tournait dans sa direction et la regardait de très loin, comme s'il ne la connaissait pas, et puis ses yeux se rapprochaient, ils devenaient presque à la toucher, et monsieur Legrandin se levait, versait un verre de vin et lui disait : Prends, prends, ma petite négresse. Certains soirs, les yeux de monsieur Legrandin devenaient d'une proximité angoissante, douloureuse, et il lui disait Louise, ma bonne Louise, et il se penchait et lui demandait, les sourcils subitement froncés : Pourquoi ça que tu ne m'appelles pas Nestor, pourquoi ça une chose pareille ? Alors Louise respirait doucement, et elle lui répondait sur le ton maternel, paisible et recueilli qui était le sien : Monsieur Legrandin, vous êtes grand, mais Dieu est plus grand que vous, et je sais bien qu'il ne veut pas que je vous appelle Nestor. Alors monsieur Legrandin se grattait la tête et parfois souriait d'un drôle d'air, et parfois il demeurait assis à la même place, de longues heures, les bras ballants sur la table, muet.

*

* *

Monsieur Legrandin n'avait pas fini de la payer, aussi s'absentait-il parfois des deux ou trois jours à faire des travaux délicats dans certaines plantations : greffes de vignes, entretien et restauration de meubles fins de France, installations diverses. Certains de ses employeurs lui rendaient visite, au hasard de leurs besoins, et sitôt qu'ils apparaissaient monsieur Legrandin semblait transformé, le rhum devenait ses père et mère, et la dame-jeanne de vin gargouillait joyeusement, cependant que monsieur Legrandin chantait :

Fais ton petit glouglouglou
Bouteille vermeille
Pressons bien le jus de la treille
Et buvons sec

Parfois Louise restait à servir, et parfois, sur un signe de monsieur Legrandin, elle courait se cacher dans la petite pièce où elle demeurait jusqu'au départ de l'employeur. Dans ce dernier cas, il s'agissait d'employeurs qui désiraient user de l'hospitalité de monsieur Legrandin sur le corps de Louise, soit sous la forme de petites tapes, de cajoleries puisées dans l'alcool, soit en se nourrissant directement d'elle, comme c'est l'usage. Mais monsieur Legrandin n'aimait pas les manger-cochon, il ne voulait pas qu'on touche à son corps vivant, et une fois Louise passa la nuit dehors dans l'attente du départ d'un visiteur à caresses. Mais à la naissance de Cléonie, une petite câpresse à peau sapotille, le nombre de visiteurs diminua très sensiblement : à peine deux ou trois dans l'année qui suivit. Et quand elle donna le jour à Hortensia, ce fut comme si un fil se brisait, elle ne savait au juste lequel, dans l'existence mystérieuse de monsieur Legrandin. De ce jour, jamais plus monsieur Legrandin ne s'absenta pour des travaux, et jamais plus aucun blanc ne lui rendit visite, même ceux qui d'aventure grimpaient sur les hauteurs, à chasser le nègre marron ou l'agouti. Eux aussi buvaient de l'eau troublée, mais c'était de l'eau de rencontre, de l'eau d'une heure, de celle qu'on boit les yeux fermés, comme on se penche sur une mare croupie ; aussi, la façon dont monsieur Legrandin buvait de sa petite eau noire ne leur plaisait pas. Depuis la naissance d'Hortensia, ils disaient que c'était un blanc maudit. Louise elle-même se demandait si une malédiction ne poursuivait pas cet homme, s'il n'avait pas fallu que ce blanc soit embarrassé de son corps pour venir s'accoler avec une négresse, depuis l'autre côté de la mer ; et, se disait-elle avec angoisse, peut-être le retrouverait-elle un jour en tronc de bananier, sur son matelas, ou bien finirait-il dans son lit retourné et déchiré comme un poisson maigre dans de l'huile bouillante, et ce serait son châtiment. Mais monsieur Legrandin ne semblait pas s'en inquiéter. Depuis que ce « fil » était coupé, il paraissait plus calme encore, sa voix devenait égale, ralentie, réfléchie, il ne lisait même plus ces journaux de France qui l'excitaient tant autrefois. Il chantonnait toujours en se versant son verre de vin, tantôt une chanson, tantôt l'autre, quoique dans l'ensemble c'était plutôt celle qui disait *glouglou* qu'il préférait. Certains soirs, toutefois, il se lançait dans de grands discours en français de France, mais Louise voyait bien qu'il ne s'adressait pas aux blancs de l'autre côté de l'eau, comme autrefois, car son visage était soudain convulsé par la colère, il menaçait, il injuriait elle ne savait qui, et parfois il saisissait son fusil et bondissait dehors, dans l'ombre, à diriger ses récriminations vers les petites lueurs de Saint-Pierre. Mais la seule chose qui l'inquiétait vraiment, c'était cette dette qu'il avait encore par-devers madame de Vinteuil. De temps en temps il tirait l'argent de ses légumes d'une cache sous le plancher, le portait à la table, comptait, recomptait d'un air étrange, et si la somme lui convenait il l'emmenait à l'ancienne habitation de Montaignan. Quand il revenait de cette affaire, il s'asseyait à la table sans regarder personne, les lèvres pincées, les yeux pendant le long de ses joues. Et puis soudain il se levait, de façon imprévisible, il allait à la litière de Cléonie, ou bien il se penchait sur le panier d'Hortensia, qui lui plaisait beaucoup, et, à ses façons de faire, Louise se disait qu'il n'aimerait sûrement pas reconduire ses enfants chez madame de Vinteuil, la corde au cou, avec le ventre de leur mère en tête.

L'abolition de l'esclavage eut lieu l'année suivante. Pour Man Louise les années étaient comme des étoiles dans le ciel qu'on situe les unes par rapport aux autres. Certaines ne diffusaient aucune lumière, elles se perdaient dans la nuit ; mais d'autres étaient nettement distinctes. Plus tard, à force d'entendre parler de l'Abolition, Man Louise prit l'habitude de s'y référer comme à l'année 1848, ou bien tout simplement à 48. Mais les dates ne signifiaient rien pour elle, et en son cœur l'année 48 resta celle où monsieur Legrandin planta le prunier de Chine derrière la case, et celle où la peau de l'enfant Cléonie, qui promettait pourtant de belles nuances, vira subitement au bleu de nuit.

Un soir monsieur Legrandin était arrivé tout excité, disant qu'il venait de se produire une révolution en France : mais Man Louise sourit de cette naïveté, car les blancs ne peuvent faire de révolution, puisqu'ils sont maîtres du ciel et de la terre. Elle avait simplement répondu : Monsieur Legrandin, un homme comme vous ne devrait pas prêter attention à tous ces racontars ; tenez, regardez-moi ces orangers, je crois que leurs troncs mériteraient une bonne couche de chaux. Monsieur Legrandin s'était gratté la tête, un instant, puis il s'était versé du vin en poussant de grands éclats de rire. Mais quelques jours plus tard, comme tous deux binaient le jardin, ils avaient vu passer une file de nègres marrons qui leur avaient fait de grands signes de loin. L'un d'eux s'était même arrêté à distance, et après une hésitation il s'était écrié : Adieu, adieu, petit blanc. Pour le coup, et en dépit de sa terreur, Man Louise aurait bien aimé que monsieur Legrandin leur envoie une bonne décharge dans les fesses, histoire de leur apprendre la politesse ; mais levant les yeux vers le visage de l'homme, elle l'avait vu qui hésitait visiblement entre le coup de fusil et quelque chose qui ressemblait à une invitation à boire. Et puis une nuit on entendit des conques de lambi, des lueurs embrasèrent la campagne, plus bas, vers les terres de cannes, et Man Louise poussa monsieur Legrandin dans un bosquet touffu où nul ne viendrait le chercher. Il y passa une quinzaine de jours, alimenté par Cléonie qui faisait toutes sortes de détours pour arriver à lui. Et puis la vie reprit comme avant, à ceci près que des nègres s'installaient dans le voisinage, montaient des cases, défrichaient, faisaient comme si la terre leur appartenait. Mais Man Louise n'entendait pas leurs paroles, elle ne s'occupait pas de leurs affaires, elle suivait tranquillement son chemin sur la terre sans regarder ni à droite ni à gauche : Dieu qui punit n'est jamais loin, et tous ces gens-là à leur mort sauraient qui est le maître, tellement il leur tomberait de coups de bâton sur la tête. Parfois même elle pensait que toutes ces histoires de « liberté » étaient un coco-macaque de leurres, un piège des blancs pour faire le tri entre les bons et les mauvais : un matin le soleil se lèverait, et tout repartirait comme avant, sauf que les nouveaux « Citoyens » n'attendraient pas de monter au ciel pour recevoir leur dû. Ce qui la renforçait dans cette conviction, c'était de voir que les choses n'avaient pas changé tellement qu'on le disait : petit à petit, les habitations brûlées s'étaient rebâties, les blancs avaient repris place dans leurs salons, et les troupes de nègres avaient retrouvé le chemin des vastes champs de cannes de la plaine. Même ceux qui habitaient les hauts n'avaient pas tenu bien longtemps, en dépit de leurs cases, de leurs jardins à racines, de leur cimetière sous les arbres : quand venait la coupe des cannes, ils prenaient eux aussi le chemin de la plaine, à l'aube, et trop contents s'ils attrapaient une tâche. Ils commençaient d'ailleurs à avoir des doutes et certains disaient : On est toujours dans la canne des blancs, alors où est la liberté ; où ça ? Et Man Louise souriait finement, en son cœur. Les doutes des uns et la certitude des autres devaient se renforcer, un peu plus tard, lors de l'éruption de la montagne Pelée, qui eut lieu le 23 septembre 1851 très exactement. Lorsque l'événement se produisit, Man Louise ne savait pas qu'on était le 23 septembre 1851, mais plus tard, une dizaine d'années plus tard, à force d'entendre les gens prononcer ces mots elle finit par s'en servir également, pour parler de ce qui advint, alors, avec le volcan.

Depuis deux dimanches, une rumeur montait des entrailles de la terre, et comme elle était ponctuée de coups sourds, les gens disaient, mi-figue mi-raisin, que la montagne Pelée est peut-être quasiment la forge du Diable. Mais les vieux ne s'en émouvaient pas, ils avaient vu des fumées s'élever du cône, une fois, dans leur petite enfance, et une pluie de cendres s'était répandue sur la campagne, donnant l'année suivante des cannes plus sucrées que des jeunes filles. Cependant quelques audacieux montaient à l'étang des palmistes, qui se trouvait dans le cratère du volcan, et ils disaient que l'eau du lac était une boue noire, d'où fusaient des jets droits et raides comme des palmiers. Et l'on avait admiré la sagesse des anciens, qui avaient donné ce nom au lac. Et des troupes d'hommes s'étaient mis en chasse, car on signalait maintenant des cochons sauvages à la base du cratère, dans le collier de broussailles qui entourait le cou tranché de la montagne. Les bêtes se laissaient approcher, et les hommes sautaient à travers les roches, avec de grands cris à chaque victoire. Mais comme ils contournaient le cône, une bête disparut soudain à leurs pieds, le sol manqua, le roc lui-même devint boue, fumée et vapeur et plusieurs suivirent le cochon sauvage sous la terre. Le lendemain, le ciel était bleu, le soleil d'un jaune d'or, mais toute la montagne, et tout le pays alentour et la mer elle-même étaient recouverts d'une poudre blanche, scintillante. De temps en temps, une pluie de roches dévalait la montagne, dévastant tout sur son passage, et les gens des mornes fuyaient, descendaient eux aussi vers la mer, avec des signes de croix, des cris, des prières, des actes de contrition étranges : Le Bon Dieu n'est pas content, disaient-ils, angoissés, le Bon Dieu n'est pas content de ce qu'il voit sur la terre, depuis trois ans, pour sûr. Et certains disaient tant pis pour le Bon Dieu, mais eux préféraient mourir libres. La plupart ne disaient pas tant pis, et leur cœur était rempli de tristesse, de remords et d'angoisse. Cependant Man Louise demeura obstinément chez elle, dans sa case, car elle se savait innocente, elle n'avait pas péché même en son cœur. Monsieur Legrandin et les enfants la suppliaient, et des voisins arrivèrent en renfort, mais à tous et à toutes elle répondait avec sa voix de tous les jours, qui était sans qu'elle le sût une voix maternelle, paisible, recueillie : Vous n'avez qu'à rester auprès de moi, et vous ne mourrez pas. La pluie de roche cessa vers midi, et une colonne de fumée noire obscurcit le soleil quelques instants : les ailes chargées de cendres, des oiseaux chutaient lourdement à terre, avec des cris de terreur. Puis un violent orage balaya tout et ce fut fini pour cette année-là. Mais on se souvint des paroles de Man Louise, des témoins rapportèrent aussi ses gestes, le ton de sa voix, et les gens du morne Pichevin trouvèrent désormais le chemin de sa case, qui venait après celle de madame Tété, sur le sentier de la ravine à Z'icaques. Ils n'avaient pas osé jusqu'à présent, à cause de monsieur Legrandin, mais maintenant ils se risquaient en son absence, ils tournaient autour de Man Louise, et certaines femmes entraient pour lui raconter leurs « affaires ». Elle ne rendait jamais les visites, elle était plutôt réservée, sans gestes ni paroles inutiles, mais si elle restait toujours dans sa case, disait-elle parfois, c'est parce qu'elle avait trouvé son rayonnement à cet endroit-là, sur la terre. Elle aimait beaucoup écouter, à condition, toutefois, que ça ne l'arrête pas dans ses occupations. De temps en temps elle soulevait son visage, elle remuait doucement ses cils, ou bien sa lèvre inférieure qui semblait bruire, soudain, comme sous l'action de paroles, et les gens en était contents. Mais ils préféraient qu'elle écoute avec ses yeux, car, disaient-ils, elle avait des yeux consolants. Aussi venaient-ils souvent après cinq heures, quand elle avait fini sa journée, et parfois, rentrant plus tôt que d'ordinaire, monsieur Legrandin trouvait deux ou trois femmes autour de sa Louise qui mangeait des bananes-poteaux, sur la dernière marche de la véranda, avec son air habituel de porter à la bouche des rêves. Elles se levaient pour partir, et puis elles restaient par curiosité, afin d'en avoir enfin le cœur net sur cette case toujours silencieuse, où personne n'entendait de disputes ni de cris. Et mine de rien, se répandant en politesses, elles se demandaient comment ces deux-là vivaient ensemble, et elles cherchaient à le deviner sur le visage de Man Louise, sur sa démarche, sur sa façon de servir monsieur Legrandin. Dehors, sur le sentier du retour, l'une d'entre elles s'écrierait, déçue dans ses espérances : Mes petites louloutes, je dis que cette négresse-là n'aime pas sa race, quand vous donne le bonjour, c'est quasiment comme si elle vous le retirait ; et qu'est-ce qu'elle croit, aucun nègre n'est peut-être à sa hauteur, hein ?... Elle préfère essuyer le mépris d'un blanc qui ne la mariera jamais, elle ferait bien de le faire cocu, comme cela, ce sera plus juste. Mais il s'en trouvait toujours pour répondre, sur le même ton léger et empreint de mélancolie : Assez bêtise, Cloïse, elle a bien raison d'aller avec un blanc, il faut se rapprocher de la lumière ; de toute façon le blanc est une bonne chose, même en rêve : si tu rêves d'un blanc t'es sûre de réussir à faire quelque chose. Toujours assise à sa véranda, Man Louise les suivait du regard et attrapait parfois un éclat de rire, un mot piquant. Mais monsieur Legrandin ne se doutait de rien, il était tout à la joie de voir les gens se rapprocher de la case, depuis trois ans qu'ils remplissaient le morne de leurs cahutes, de leurs soirées à tambour, de leur petite chapelle blanche, de leur boutique à sucre, à rhum, à savon et à morue salée, et tout récemment de leur cimetière, étrenné avec l'éruption. Il avait longtemps craint pour ses poules, ses cochons, ses légumes et aussi pour sa vie, car il dormait avec son fusil et se réveillait souvent en sursaut, le doigt sur la gâchette. Mais maintenant il se dirigeait volontiers vers le village, s'attardait devant une cahute, disait un mot, qui en entraînait un autre, tant et si bien qu'il se mit à organiser des veillées du Samedi soir. On bamboulait sur la véranda de Man Louise, c'était rhum et tafia, chansons, devinettes, contes créoles auxquels il apportait en réponse des contes de son pays, la Creuse, qui était une sorte de petite île en pays blanc, croyait-on comprendre, avec des collines et des vallées, des rivières, des cahutes et des gens dans les cahutes, des « nègres en pays blanc » qui marchaient pieds nus et dansaient aux veillées du Samedi soir, et disaient des devinettes, et racontaient des contes, eux aussi. Les heures s'écoulaient, il y avait une immense table dressée sous les amandiers du jardin, et les gens mangeaient, les autres buvaient, jouaient au loto, aux dominos, dansaient, écoutaient la musique ou semblaient occupés tout bonnement à cueillir l'instant, à capter le temps, cependant que monsieur Legrandin murmurait doucement : Ah, ça ressemble tellement à la Creuse. C'était un mot qui revenait souvent ces temps-ci dans la bouche de monsieur Legrandin : Ah, disait-il, ça ressemble tellement à la Creuse, ça y ressemble tellement, je vous jure. Et « ça » pouvait être n'importe quoi, un air de flûte, d'accordéon, un coup de main qu'on se donnait sur les terres, une ombre qui fuyait au-dessus des collines. Il avait maintenant une tignasse blanche, et ses mains étaient celles d'un vieux nègre de cannes, avec des os qui montaient, qui redescendaient, et la peau des bras qui s'écaillait en plaques roses sur le brun.

C'était seulement de ses mains que les gens n'avaient pas du tout peur, et certains le taquinaient à cause d'elles, disant qu'il avait dû être nègre dans un autre temps, dans une autre vie. On le taquinait aussi au sujet de ses manières avec les dames, car il était toujours à les faire s'asseoir, se lever, à épousseter un banc, à pousser devant elles ce qui se laisse boire, et à prononcer des paroles qui font se trémousser la chair féminine. Si Man Louise n'était pas à proximité, il se grattait la tête en disant : Sacré Nestor, va, mais de telle façon qu'il faisait à nouveau rire les dames. Mais si sa petite négresse rôdait dans les parages, il se tournait vers elle d'un air désolé : Seigneur, disait-il, où je peux prendre du jus pour le donner à une autre femme, hein Louise ? Je te donne tout, tout, et quand nous nous endormons le soir, mon réservoir est épuisé, tu es sûre, tu le sais bien, c'est toi seule que j'ai. Alors Man Louise répondait, un peu gênée devant tout ce monde : Monsieur Legrandin, pourquoi dire tout ça, hein, pourquoi ? et elle continuait sa tâche tranquillement comme si elle n'avait rien entendu. Cependant, chaque fois, elle notait que les « taquins » étaient ceux qui lui faisaient la cour en cachette, non pas, évidement, qu'elle eût encore grand-chose à offrir, mais tout simplement histoire de tirer un peu de chair de la bouche d'un homme blanc. Un jour, comme elle se défendait en silence, monsieur Legrandin apparut sur la véranda et se mit à poursuivre l'homme le long du sentier. Monsieur Legrandin hurlait : Pourquoi tu ne respectes pas cette femme, espèce de crapaud, c'est parce que c'est une négresse comme toi que tu agis ainsi, si j'avais une femme blanche tu tomberais à ses pieds mais t'es pas fichu de respecter ton sang, ta couleur, ta comboche. L'homme arpentait le voisinage et insultait monsieur Legrandin : Espèce de blanc maudit, a-t-il fallu que vous soyez embarrassé de votre corps pour venir vous accoler à une négresse, vous n'êtes sûrement pas quelqu'un de bien car si vous étiez une autre personne, ce n'est pas comme ça que vous auriez vécu ; je ne sais pas quelle malédiction vous poursuit, mais je n'aimerais pas être à votre place, et vous verrez que vous finirez dans votre lit retourné et déchiré comme un poisson maigre dans de l'huile bouillante, c'est moi qui vous le dis, vieux blanc maudit : qu'est-ce que vous venez me parler de respect, gardez-le pour vous-même, votre respect, car moi personnellement je ne vois rien à respecter auprès de vous. À ce moment, monsieur Legrandin leva les bras au ciel, pirouetta sur lui-même et déjà il entrait dans la case, et déjà il en ressortait avec son fusil. Mais l'homme avait disparu et tout ce qu'il vit à tirer était un chat errant qui fit un bond gigantesque, miaula une seule fois, se coucha par côté. Man Louise avait déjà oublié l'incident avec l'homme, elle était atterrée par la mort du chat, car ces bêtes vous donnent une malédiction ; si on les tue elles vous font mourir mal, dans la souffrance. Quelques semaines plus tard, elle en était encore à la mort du chat quand monsieur Legrandin lui dit un soir qu'il fallait songer, qu'il fallait veiller à, qu'il était temps de passer devant monsieur le Curé, pour l'ordre, la propreté, la régularité de ce qui se doit. Man Louise comprit alors que les paroles de l'homme étaient encore dans le corps de monsieur Legrandin, et, soudain gênée, elle se tut. La noce eut lieu trois mois plus tard. Man Louise était à nouveau enceinte et elle descendait lourdement les pentes, pieds nus, des chaussures neuves à la main, et une coiffe tressée plongeant son visage dans l'ombre.

Monsieur Legrandin la soutenait d'un bras, les deux enfants avançaient par-devant, silencieuses, effrayées, et tout le morne Pichevin suivait par-derrière, deux à trois cents personnes qui faisaient un bruit à réveiller le diable de la montagne.

C'était un jeudi, jour des baptêmes sans père et des mariages sans gloire, le dimanche étant réservé aux cérémonies plus édifiantes. On était parti depuis l'aube, et Saint-Pierre apparaissait déjà tout entier, au bord de la mer, juste au pied du vaste amphithéâtre qui s'élevait par vagues de champs de cannes, par monceaux de roches, de forêts, de broussailles, jusqu'au sommet de la montagne. Man Louise était triste à la mort. Elle n'avait pas voulu ça, ça n'était pas bon pour monsieur Legrandin, elle le savait, et certaines voisines allaient jusqu'à dire qu'il reviendrait sur terre en nègre rouge, ouaye, avec des cheveux drus et des petits yeux injectés de sang et de perversité. Soudain elle s'immobilisa, d'une pièce, et les gens virent qu'elle ballottait sur son corps raide, d'avant en arrière, douloureusement, comme si des mains invisibles s'accrochaient à elle, l'empêchaient d'avancer. On l'allongea sous un arbre, et on lui fit avaler un doigt de rhum au mombin, on lui dit de bonnes paroles ; et puis comme le soleil montait, quatre hommes essayèrent de la soulever, afin que la noce arrive à temps à Saint-Pierre, à l'église. À ce moment, comme possédée par un esprit, Man Louise fit tant et si bien des bras et des jambes qu'on fut obligé de l'abandonner, pantelante, sous l'arbre, un filet d'écume aux coins de la lèvre. Les gens s'éloignèrent, et monsieur Legrandin s'agenouilla près d'elle, lui prit la main. Et elle ouvrit les yeux et parla aussitôt des fruits de France que monsieur Legrandin avait rapportés, la veille, et c'était comme s'il venait de les poser sur la table de la cuisine, ces beaux fruits rouges. Ils avaient peut-être comme qui dirait un goût de nèfles, mais finalement ils n'avaient pas le goût des nèfles. Et vaguement souriante, elle précisa le fond de sa pensée : Monsieur Legrandin, peut-être bien qu'elles viendraient sur vos terres, ces petites pêches-là, peut-être bien qu'elles viendraient, peut-être. Avec votre permission : moi, j'aime ça. Mais monsieur Legrandin ne répondait pas, il n'avait pas l'air d'entendre, ou seulement avec le bout de ses oreilles. Il hochait gravement la tête, et des rides se posaient autour de sa bouche, comme taillées à coups de couteau ; et il hochait, hochait la tête, tout entier à regarder Man Louise de près, de très près, comme s'il la *reconnaissait* mieux que jamais, et en même temps à la regarder de loin, de très loin, comme s'il avait du mal à la distinguer, comme s'il la voyait partir, disparaître, dans une sente inconnue, à travers les brouillards et les nuits et les temps ; oui, de très loin et de très près à la fois, se dit Man Louise, et c'était quasiment drôle, drôle, drôle. Et soudain elle eut l'impression que ses yeux à elle étaient des petits miroirs, et qu'ils tombaient par terre, et qu'ils se brisaient en mille morceaux. Et elle abaissa doucement les paupières, pour retenir ses yeux dans leur châsse ; et elle déclara avec sa voix de tous les jours, qui était sans qu'elle le sût une voix maternelle, paisible, recueillie : Monsieur Legrandin, avec la permission vaut peut-être mieux qu'on remonte au morne Pichevin...

Chose étrange, elle eut à peine prononcé ces paroles que la vie lui revint, d'un seul coup. Déjà elle était debout sur ses jambes, elle s'essuyait le front et les joues, elle demandait l'alliance à monsieur Legrandin et déambulait parmi la noce, la main portant la bague à légère distance de son corps, les doigts redressés en l'air, comme si cette main avait droit à des égards particuliers, un statut spécial. Les gens s'étaient installés le long du sentier, qui sous des arbres, qui derrière des roches, et les bouches allaient déjà bon train, les bouteilles se vidaient, des chants s'élevaient, des rires. Un chasseur demanda ce que les gens fêtaient, et quelqu'un répondit : On était descendu pour une noce, et maintenant on est là pour le Bon Dieu, c'est lui qu'on régale. Monsieur Legrandin se mit à chanter des chansons de la Creuse, et regardant au loin, il lâcha d'un ton badin et enthousiaste : Je suis un aventurier. Cléonie et Hortensia riaient, soulagées, elles aussi. Puis on prit le chemin du retour et les gens étaient vaguement émerveillés, et ils commençaient à se raconter l'histoire, ils l'ornaient, lui donnaient ses plus belles couleurs, assurés de la retrouver tout au long de leur existence : l'histoire de celle qui était descendue mariée et qui était remontée jeune fille. En dépit de son gros ventre Man Louise grimpait silencieusement, presque aérienne, la main gauche légèrement écartée de son corps, les doigts raidis autour de son alliance. Le souvenir de cette journée lui demeura d'une grande douceur. Jamais on ne l'avait vue rire ni vraiment sourire, comme sourire se doit. Mais maintenant, quand elle était gaie et contente, ses yeux devenaient plus brillants que les feux de lucioles dans la nuit, ses joues se tendaient, et elle mettait une main devant sa bouche pour cacher ses lèvres et ses dents, et comme aucun son ne sortait de sa gorge ses dents brillaient de tout leur éclat. Elle accoucha d'une enfant mieux sortie que Cléonie et Hortensia, c'était une petite mulâtresse vraiment claire, une personne vraiment sauvée, et les yeux de Man Louise brillaient, brillaient, car elle savait maintenant ce qu'elle était venue faire sur la terre ici-bas. À cette époque, juste après la naissance de Cydalise, monsieur Legrandin devint bizarre, il la regardait d'une drôle de manière, il voulait à toute force qu'elle lui dise Nestor, mais jamais les choses n'en vinrent jusque-là, et bien que la tête lui tournât un peu, en regardant la beauté de l'enfant, Man Louise sut toujours rester à sa place et ne jamais mélanger les torchons et les serviettes, comme elle disait. Un jour cependant elle eut une grande surprise en assistant à une dispute entre monsieur Legrandin et Cydalise qui pouvait avoir dans les cinq à six ans, à l'époque. Ils étaient sous un amandier et faisaient de grands gestes, semblaient extrêmement fâchés. Elle s'approcha en catimini, juste pour entendre la fillette prononcer sur un ton boudeur, amer, vaguement révolté, comme font parfois les enfants devant les caprices incompréhensibles des grandes personnes : Eh bien voilà, monsieur Legrandin, puisque vous voulez que je dise ça de ma bouche vivante, eh bien voilà, je le dis : papa.

Ainsi allaient les choses quand on ramena monsieur Legrandin de Saint-Pierre, un soir, au crépuscule, allongé en travers de sa bourrique et le crâne éclaté par une caillasse. On l'avait trouvé nageant dans son sang, derrière le marché du Mouillage : mais l'argent de ses légumes-France était intact.

4

Le crieur était allé à travers les sections pour annoncer la mort du blanc de Man Louise, mais les quatre femmes s'apprêtaient à passer cette soirée seules avec leur gisant, leur De profundis, et Bichette, l'âne de monsieur Legrandin qu'elles avaient attaché aux barreaux de la véranda. En ce jour fielleux, elles arboraient des visages offensés d'enfant abandonné. Monsieur Legrandin reposait dans sa barcasse, sur une paillasse d'herbes odorantes de patchouli, avec son complet bleu marine des grands moments. De son vivant, sous sa peau blanche et transparente, battaient des veines plutôt vertes que bleues, qui s'en allaient en fleuves profonds pour irriguer l'intérieur. Et maintenant, ses yeux d'aigue-marine demeuraient clos, sur la Creuse, sur cette traversée qui l'avait conduit de la plantation Montaignan à son installation sur ce morne reculé. Autour du cercueil, les trois filles n'arrêtaient pas leurs moulinets, et les yeux fixés sur le voyageur de l'au-delà, elles ne cessaient de psalmodier, chacune, inlassablement : Monsieur Legrandin, je vous le dis aujourd'hui : papa, papa, papa. Le serein du ciel avait nappé toutes choses, et les bêtes de nuit avaient entamé leur hymne aux étoiles. Au loin, on voyait une vague lueur qui vacillait au vent nordé, et l'air frémit, et la société du morne parut torche en main, dans un brouhaha qui envahit tout l'espace. Les femmes avaient mis leurs robes chamarrées, rehaussées de leurs plus beaux atours, et les hommes s'étaient rasés de près et avaient endossé leurs costumes à lavallière, bien décidés à braver ensemble la mort, à terrasser net le trépas, pour continuer sans verser tête en bas leur numéro d'équilibristes tourmentés. Après avoir salué le défunt, sa famille et son âne, les bougresses entreprirent de préparer la veillée. Les visiteurs avaient apporté des bancs, du rhum, du café, et puis ils réclamèrent le gobelet de monsieur Legrandin. Ils le remplirent de son vin de Saint-Émilion, qu'il aimait tant à boire en chantant le glouglou. Et puis ils le placèrent sur la table aux boissons, par-devant tous les flacons. De temps en temps, une main saisissait le verre et en versait quelques gouttes par terre, pour en abreuver le défunt. Milo le paroleur, le grand batteur, frappait le tambour les yeux fermés, les doigts en transe. Les bels-airs montaient et descendaient, livrant assaut aux ventres, aux têtes, aux dos. Les danseurs s'avançaient à pas coulés, tournants, et ressortaient aussi vitement de la ronde que l'homme de cette vie. Ils se succédaient l'un après l'autre sans relâche, comme les vagues de la mer, qui ne s'arrêtent jamais, toujours les mêmes, toujours autres. Man Louise se tenait immobile, figée, perplexe, se demandant effrayée et surprise si c'était vraiment pour lui, pour Nestor Legrandin, qu'ils étaient tous là en cette nuit. Dans la fraîcheur de l'avant-jour, les prieuses rabâchaient avec ferveur leurs litanies préférées... « Si vous tenez un compte exact de nos iniquités, qui pourra subsister devant vous, ô mon Dieu... Mais vous aimez à pardonner... » Voisine Cloïse demanda le silence et, se portant aux pieds du trépassé, elle lui dit qu'avec lui s'en allait toute la galanterie de la terre, mais qu'il se rassure, les bananes jaunes jamais ne reverdissent, et que là-haut, les feinteurs de par ici arriveraient bien à faire bambouler le Seigneur, à instaurer la même petite doucine qu'en bas, parole de négresse... Sur ce, la compagnie se mit alors à gloser sur l'agencement du temps par-delà les nuages, et madame Tété rappela qu'elle était toujours vivante et qu'elle souhaitait prendre la parole, donner sa couleur au temps, elle aussi. Et s'avançant dans la lumière des cierges qui brûlaient aux quatre coins du cercueil, elle dit effrontément, se frappant la poitrine, qu'on ne savait jamais qui partait, si bête à plume ou bête à poil, mais ce dont elle était sûre, elle, la femme Tété, c'est que ce monsieur-là qui dormait comme un enfant devant eux avait sans aucun doute été un nègre dans une autre existence... et que dorénavant, la Creuse ne serait jamais loin du morne Pichevin, puisque, dans cet espace, se tenaient maintenant autant de Legrandin que de nègres ici présents. Man Louise fit une grimace pour la forme, mais on voyait bien qu'elle était contente, contente et d'accord, et se levant de sa berceuse, elle s'avança elle aussi dans la lumière du cercueil et dit : Où est-elle, la mort, monsieur Legrandin, je vous le demande, où ça ?

Le plafond de la petite véranda devint une toile d'araignée immense, plus vaste que le ciel, une toile où se déployaient les morts anciens, les morts présents, et les morts à venir, toutes les forces connues et inconnues auxquelles chacun se sentait suspendu, comme à un fil tremblant.

5

Man Louise vivait désormais dans une crainte informulée, une méfiance de tous les instants. Tous les matins elle versait un peu de sel autour de la case, afin de se protéger du démon. Puis elle prenait son bain de feuilles, avec une goutte de glycérine pour faire couler les influences, et enfilait un immense chapeau de paille à l'intérieur duquel était épinglée une médaille de sainte Radégonde, patronne des causes désespérées. À ce moment elle disait quelques actions de grâces, elle murmurait d'une voix plaintive : Seigneur, merci pour ce matin-là, et s'aidant d'un bâton elle grimpait dans la berceuse de monsieur Legrandin où elle restait prostrée toute la journée, dans l'ombre de la véranda qui changeait avec les heures, passant de l'aube fluide aux couleurs inquiétantes du couchant. Des médailles de la Vierge, de saint Michel, de saint Antoine de Padoue étaient épinglées dans le dossier de la berceuse créole, et chaque fois qu'une menace se précisait, Man Louise pesait sur les accoudoirs et se balançait en mesure, jusqu'à entendre un cliquetis léger, argentin, qui la rassurait.

Au matin de la Toussaint, elle mettait son alliance et descendait au cimetière de Saint-Pierre. Elle venait y visiter monsieur Legrandin, redresser les conques de lambi chues de son tertre, et puis elle replantait l'amarante qui croulait sur la terre en grappes rouges. En fin d'après-midi, elle allumait les bougies et lui disait : qu'il n'aille pas penser qu'ici-bas on l'oubliait, qu'il n'aille pas, elle était là, elle. Et puis elle prononçait son nom : Nestor Legrandin, et puis s'en retournait vers sa case. La plupart du temps ses filles étaient au-dehors, à sarcler dans les terres des blancs, à amarrer des cannes, à cueillir l'indigo ou le café.

Courant sur ses quinze ans, Cléonie était maintenant un beau lys noir avec des yeux étroits, posés, mystérieux. Elle rêvait de se mettre marchande de belles denrées, mais il lui était venu un enfant dans les cannes et elle attendait l'accouchement. Cydalise était son couronnement, elle avait des cheveux si fins que Man Louise ne se lassait pas de la coiffer, le soir, au retour de ses travaux, admirant comme le peigne passait tout naturellement dans ces merveilles de boucles qui lui venaient de monsieur Legrandin. Elle savait tenir son rang, elle ne souriait qu'à des personnes choisies, et peut-être trouverait-elle un monsieur qui lui passerait une bague autour du doigt, un petit morceau d'or qui la ferait élue entre toutes les femmes. Quant à Hortensia, c'était une énigme et Man Louise se posait souvent de graves questions à son sujet. En apparence, Hortensia était une petite fille plus ronde et remplie qu'un fruit à pain, un fruit à pain frisé, avec des pointes bleues. Mais ses yeux surprenaient toujours au milieu de son visage, même si l'on s'attendait à cette surprise, comme c'était le cas de Man Louise, qui les avait tirés de son ventre, qui avait décollé leurs paupières, et qui les avait contemplés lorsqu'ils ne la voyaient encore pas. Ils étaient très écartés l'un de l'autre, et ils avaient la forme de gouttes à l'instant de choir, des gouttes d'eau après la pluie, déjà tremblantes, déjà consentantes à leur chute, et qui ne peuvent s'empêcher de refléter tout ce qui les entoure, jusqu'à la fin. Elle gardait toujours ses yeux grands ouverts, un peu écarquillés, même, et un léger sentiment d'angoisse vous atteignait devant leur transparence et leur fragilité souriante. Mais c'était surtout l'esprit d'Hortensia, l'ombre cachée derrière ce regard qui inquiétait Man Louise. Ça n'avait pas de lien, ça n'avait pas de suite logique, on aurait dit un collier de perles sans fil. Déjà toute enfant, encore nue comme un ver, elle s'asseyait sur une roche et chantait sans raison, sans le moindre motif qui pût apparaître à l'esprit sagace de sa mère. Il suffisait qu'une bouche s'ouvre, qu'un air s'élève au-dessus des mornes, et la petite le répétait inlassablement, des journées entières, jusqu'à ce qu'une nouvelle chanson retentisse dans ses oreilles. Avec Hortensia c'était au dernier qui avait parlé ; au dernier qui avait chanté ; au dernier qui lui avait souri. Cette enfant avait de l'eau dans sa tête, une eau claire qui réfléchissait toutes choses sans effort, sans qu'elle fît quoi que ce soit pour mettre de l'ordre dans ses pensées, pour séparer la lumière des ténèbres. Lorsqu'elle revenait du dehors, Man Louise savait toujours quelle personne elle avait rencontrée. Si c'était le vieux Bernus, elle chantait des cantiques d'un air inspiré, et si c'était madame Tété elle vous lâchait subitement, les mains posées avec désinvolture sur ses hanches inexistantes : L'esclavage est fini, mes chères : aimez-moi vous ne pourrez pas m'acheter, détestez-moi vous ne pourrez pas me vendre. On aurait dit que pour elle toutes paroles étaient bonnes à prononcer, pourvu qu'elles soient déjà sorties d'une bouche humaine.

Man Louise lui expliquait ciel et terre, mais c'était un travail de longue haleine, toujours défait, toujours à refaire, de passer un fil dans l'esprit d'Hortensia. Un jour, suivie de quelques femmes à l'air gêné, Dame Henriette grimpa le sentier jusqu'à portée de voix de Man Louise, et se mit à crier qu'il lui manquait un pain et un saucisson dans sa boutique. Toujours à la même distance, elle hurla qu'elle n'accusait personne, que celle qui perd pèche, nécessairement, et que rien n'était pire qu'un jugement téméraire ; après quoi elle s'en retourna vers son comptoir. Man Louise leva les yeux sur une étagère et vit le pain et le saucisson, qu'Hortensia ne s'était même pas donné la peine de cacher. L'enfant la regardait d'un air paisible, comme s'il n'y avait rien que de naturel dans tout cela, comme si cela faisait partie des choses qui arrivent à toutes les petites filles qui vont tournoyer devant les fournitures de Dame Henriette. Alors Man Louise avisa une marmite d'eau bouillante sur un feu de bois, dans la cour, et saisissant l'enfant elle lui plongea les deux mains dans l'eau, sans prononcer une parole. Et les mains d'Hortensia semblaient consentantes, et ses yeux regardaient Man Louise comme s'il était normal de se faire ébouillanter en de telles circonstances. Par la suite, lorsque les gens examinaient les plaies d'Hortensia, l'enfant assurait que la chose était arrivée en retirant du feu la marmite où cuisait la nourriture du porc. Mais le vent des mornes est indiscret, tout se sait, et les yeux souriaient d'une certaine façon, et l'enfant leur rendait leur sourire, et tout ceci occupait les songes de Man Louise sur sa véranda, dans les dernières années de son existence terrestre, alimentait ses doutes, ses inquiétudes, lui faisait se poser mille questions angoissantes sur l'esprit d'Hortensia qui était véritablement un collier de perles sans fil.

Quand elle avait rêvé d'Hortensia, elle en revenait toujours à la peau claire de l'enfant Cydalise, à ses ongles sans lunule, à ses admirables cheveux fins, quoique frisottant dangereusement sur les tempes, raison pour laquelle elle les enduisait tous les soirs d'huile d'amande douce. Puis elle soupirait d'aise, tirait sur sa pipe, et soudain lui apparaissait une vision de fin des temps, et c'était merveilleux, des milliers de négresses se rapprochaient de la lumière, et elles se mettaient à sauver la couleur, lentement, au long des siècles, et elles gravissaient la terrible pente du sang, nuance après nuance, jusqu'à ce que tout le sang noir ait enfin disparu de la terre et la malédiction avec. Lorsque cette vision se dissipait, lorsqu'elle arrivait au terme de ce voyage qui résumait tout, Man Louise regardait autour d'elle et pensait à monsieur Legrandin, et elle se demandait une fois de plus pourquoi cet homme l'avait achetée, l'avait mise en case, et ce qui avait bien pu le retenir auprès d'elle si longtemps, même après qu'il eut vu ce derrière lisse et blanc comme de l'ivoire, cette chose si particulière que lui avaient façonnée les onguents de Man Pisquette. Alors, par des voies mystérieuses, elle en venait au zambo-Caraïbe, à l'homme qu'on lui avait donné pour étalon, autrefois. Mais plus elle y pensait et moins elle retrouvait son visage, ou plutôt c'était un visage nouveau qui se dressait devant elle, un visage qui ne montait pas des profondeurs du passé mais de sa poitrine, directement, avec douleur. Man Louise ne gardait jamais bien longtemps le zambo-Caraïbe, elle le renvoyait très vite au néant, avec son étrange tête de mouflon, et sa façon de s'asseoir, les jambes croisées, et les mots dont il avait rempli ces soirées dont la musique ne voulait pas mourir tout à fait, dans la vieille poitrine défoncée. Quelquefois le zambo-Caraïbe ne voulait pas la quitter, et soudain Man Louise en ressentait un grand abattement, une misère indicible dans ses os. Alors elle se renversait sur sa berceuse, avec un cri léger, et ses mains griffaient l'air, à la recherche de son chapelet, et déjà sa bouche prononçait les paroles qui avaient apaisé son enfance, sa jeunesse, son âge mur, et qui endormiraient les derniers jours de sa vie :

Seigneur, prends pitié
Seigneur, prends pitié
Seigneur, prends pitié

Ô Christ, prends pitié
Ô Christ, prends pitié
Ô Christ, prends pitié

*
* *

Hortensia avait toujours su qu'elle avait dans le crâne un collier de perles sans fil, et rien ne lui plaisait davantage que cette pensée, elle s'en délectait secrètement, y voyant une sorte de privilège sur toutes les personnes qui l'entouraient, tandis que pour Man Louise, cette anomalie l'empêchait de prendre sa place dans l'ordre du monde.

On voyait des choses sur la terre, on voyait des choses en nombre incalculable, et toutes roulaient les unes sur les autres, sans qu'il fût possible de les assembler. Cela commençait par le ciel, et cela se terminait par la poussière de la cour, où l'œil exercé d'Hortensia voyait une infinité d'étoiles. Hortensia n'avait pas assez d'yeux pour saisir toutes les apparences, et tous les jours elle se disait à elle-même, jamais lasse : On voit des choses sur la terre, on voit des choses non, c'est pas croyable. Pourtant, elle n'était pas une fille perdue, elle connaissait Dieu et le Diable comme tout le monde, elle connaissait le prêtre et le sorcier, elle savait les démons et les bons anges, elle savait les morts et les vivants, et les morts-vivants, et les vivants prisonniers des morts, sucés lentement par les morts, réduits à l'enveloppe ; elle connaissait aussi les esprits, elle savait comme on devient chien, crabe, poisson volant, et elle avait longuement écouté l'histoire du bœuf qui s'était agenouillé devant le boucher de Saint-Pierre, les yeux suppliant qu'on ne l'égorge pas ; elle savait, elle savait les plantes, les animaux, les hommes qui naissent de la terre et y retournent pour de nouvelles naissances, et elle avait longuement observé les graines que portent les petits garçons entre les cuisses, juste au-dessous du plantoir. Elle savait jour et nuit, soleil et pluie, elle savait blanc et noir, câpre, zambo, nègre rouge, tête grainée, sapotille, peau chapée, chabine tout court, chabine dorée, mulâtresse blanche... Mais tout ceci n'était pas aussi clair que Man Louise le prétendait, et parfois l'enfant Hortensia avait vaguement l'impression d'un songe dans lequel elle se trouvait prise, engluée comme une mouche. Il y avait nombre de perles qui ne faisaient pas partie de l'esprit de Man Louise et qu'il était impossible de ranger dans un ordre quelconque. Ainsi, se trouvant à Saint-Pierre, Hortensia avait rencontré des hommes d'une espèce inconnue, petits aux traits fins, à la peau d'un brun rougeâtre, et qui portaient une raie bleue du front jusqu'au nez. Ils étaient presque nus, ils mouraient comme des mouches, on les avait achetés à Calcutta : c'étaient des coolies. Et sur leur passage les gens disaient « coolies manger chiens », ou bien ils disaient « coolies chiens », tout court. Mais Man Louise ne voulait pas en entendre parler, elle n'avait rien à faire avec ces gens-là, le simple mot de « coolie », la moindre allusion lui faisait secouer la tête, agacée, peut-être secrètement effrayée de ne pas leur trouver une place dans le collier de son esprit. Plus tard, Hortensia vit des hommes encore plus petits que les coolies, tout jaunes, qui travaillaient aussi dans les plantations, et elle se demandait s'il n'existait pas également des bleus, des verts, des rouges, de toutes formes et de toutes couleurs, comme il en est des espèces animales qui se déployaient sous ses yeux, au morne Pichevin. Mais elle n'en parlait à personne, de crainte qu'on ne la considérât comme une fille perdue. De même, elle ne disait rien de ce que ses yeux voyaient tous les jours, et qui se trouvait pourtant sous les yeux vivants des autres personnes, sans qu'elles s'en aperçussent jamais. Et Hortensia se disait à elle-même : Qui peut se douter que j'ai de tels yeux ?... et ses joues sombres ruisselaient de placidité, le soir, cependant que le soleil passait de morne en morne, allumant des lueurs sur les crêtes, sans rime ni raison, et que le volcan s'élevait en fumée dans le ciel rose, immobile, si loin, si loin d'Hortensia et cependant à peine différent du rose de sa main, si l'on regardait bien. Elle était non moins attentive aux personnes qu'aux choses, et elle n'avait pas besoin de longues conversations pour voir tous les événements qui se déroulaient sur le morne. Elle se plaisait à deviner ce qu'ils allaient dire, ou faire, et chose étrange, même lorsqu'elle avait deviné juste, ce qu'ils faisaient ou disaient la surprenait autant que si elle avait deviné faux. En vérité, tous les fils étaient différents, toutes les perles différentes, et certains fils étaient cassés, et certaines perles étaient sans fil, elles roulaient toutes seules, sans que l'esprit qui les recélait s'en rendît compte. Mais, pensait Hortensia, qui peut se douter que j'ai de tels yeux, et de telles oreilles ? Oui, qui ?... et son visage ruisselait derechef de placidité.

Cependant, il y avait des jours où elle aurait préféré être sourde et aveugle, tellement certains êtres vous brûlaient les yeux et vous perçaient le tympan. On voyait des choses sur la terre, on entendait des choses non, c'était pas croyable. Depuis l'étrange affaire du pain et du saucisson, Man Louise avait coutume de lui dire en la vouvoyant, pour mieux la remettre dans le droit chemin de la vie : Plus tard plus triste, Hortensia... lorsque vous vous apercevrez que vous ne savez même plus si vous avez un nom, ou si vous avez une mère, il sera trop tard ; l'ignorance est une plante aux racines empoisonnées, vous vendrez l'air pour acheter le vent, et vous irez de vide en vide... plus tard... plus triste... D'ordinaire, Hortensia écoutait ces paroles avec une circonspection lointaine, attentive surtout aux perles qui se tenaient dans l'esprit de Man Louise et qui n'en finissaient pas de l'étonner, de la ravir, de lui inspirer mille réflexions. Mais parfois, quand l'eau se troublait dans sa tête, la prédiction l'inquiétait et elle se demandait si elle n'était pas sur le bord du vide, déjà, sans le savoir, ou sur le point d'ignorer son nom, ou à deux doigts de vendre l'air pour acheter le vent. Et c'était ainsi. Et si l'attaque la surprenait dans un champ, à sarcler, à amarrer cannes, à cueillir grains de café, et si une personne chantait pour se donner du courage, et si d'autres la soutenaient, Hortensia gardait ses yeux grands ouverts sur la vie, et parfois elle se demandait si le spectacle du monde n'était pas un rêve, le rêve d'une autre personne, d'un esprit, de Dieu peut-être, à l'intérieur duquel elle évoluait sans le savoir, sans même l'espoir de s'en éveiller un jour puisque figure de ce rêve, humble reflet dans l'eau verte du monde, fantaisie d'un instant. Cependant, elle entrouvrait ses narines, elle se retenait à son corps vivant, elle s'arrêtait toujours au bord de ces pensées, et les rêves ne l'entraînaient pas, elle se contentait de les regarder, fascinée, incrédule, déjà prête d'en rire comme de tout le reste.

Dans les débuts, quand l'eau s'était mise à remuer dans sa tête, à se troubler sérieusement, elle avait cru aux premiers effets de la malédiction de Man Louise, et déjà l'air qu'elle respirait lui était un poison, elle se sentait embarrassée d'elle-même, de son corps, et peut-être irait-elle jusqu'à appeler le Diable à son secours. Mais elle se rassura en voyant que des seins de femme lui venaient dans le même temps que ces pensées étranges, deux beaux mango-pommes qui bougeaient lorsque Hortensia se dandinait, ou bien lorsqu'elle marchait les deux jambes écartées, les mains sur les hanches, pour bien montrer qu'elle entrait sérieusement dans la vie. Elle le sentait aussitôt, il y avait une liaison mystérieuse entre ceci et cela et certainement, les nouvelles pensées étaient suspendues à l'existence de ses seins. Des événements se produisaient aussi dans ses flancs, dans ses épaules, dans les osselets de son genou, et parfois elle sentait que toutes sortes de nouveaux yeux s'installaient en elle, jusqu'aux bouts frémissants de ses doigts, qui semblaient saisir eux aussi, mais à leur manière, brutale, cruelle, inquiétante, le grand spectacle des choses et des êtres qui pénétrait si doucement dans les yeux du front. Ainsi, lorsqu'un homme tournoyait autour de son corps, c'était comme si elle le regardait avec mille yeux installés sous sa peau, mille petits yeux affolés, scrutateurs, et non pas seulement avec l'observatoire paisible et souriant de son front. Et les yeux de l'homme brillaient, pareils à des lucioles qui étincellent dans la nuit. Et considérant ces émouvantes lucioles, Hortensia s'attendait à voir s'embraser le cou, les joues, les épaules, et elle imaginait avec amusement que toute la peau des hommes se met à flamboyer quand une fille leur ouvre les portes de son corps vivant. Elle aurait aimé voir ça, un nègre se mettre à flamboyer comme une lampe à pétrole dans la nuit, tout contre elle. Ah, cette pensée lui plaisait beaucoup, misère, et certains hommes disaient qu'elle était un pays, avec une campagne et un fleuve, et que si elle consentait, ils ne mourraient jamais.

Parfois l'un d'eux s'approchait d'elle, tambour battant mèche allumée : Bonjour Hortensia, je te demande d'accepter une promenade avec moi cet après-midi ; je te retrouverai au bord de la rivière, à l'endroit où tu descends laver. Et Hortensia fronçait des sourcils, cependant qu'au fond d'elle-même tout riait. C'était surtout sa peau dont on lui faisait compliment, car elle avait la teinte de certaines icaques aux reflets bleutés, violets, et les hommes disaient que c'étaient en fait des icaques noires, celles qu'on n'a pas besoin de goûter, celles dont on est sûr qu'elles sont sucrées rien qu'à les regarder. Elle savait, elle savait que son corps ne lui appartenait pas, que c'était un corps de négresse, qu'il était un arbre au bord de la route et bien heureux si l'on ne porte pas la hache sur son flanc. Dans les cannes, les géreurs se faisaient de plus en plus pressants, et, à deux ou trois reprises, ils la chassèrent à cause de cette belle peau qu'elle avait. Et les femmes lui disaient : Hortensia négresse, tu ne peux pas rester dans les cannes avec une peau pareille sans t'attendre à recevoir des coups de coutelas dans ton eau, et bien reconnaissante à Jésus si les coups de coutelas ne laissent pas de marque. Hortensia approuvait les femmes en son cœur, et tous ces coups de coutelas ne l'effrayaient pas, même s'ils laissaient des marques en son ventre. Elle savait, elle connaissait sa place sur la terre, elle portait sa couleur tout aussi vaillamment qu'une autre. Et elle entendait la voix douce-amère de Cléonie, l'aînée, dont c'était maintenant le troisième : Hortensia, ma fille, une femme qui n'a jamais enfanté est un arbre sans feuilles, et mes enfants sont ma fortune et ma souffrance. Lequel est le plus charmant ? Lequel me rend le plus heureuse, devine ? Aucun des trois pères ne s'occupe de nous et après ? Où est la barre de fer que j'ai mise aux roues du carrosse ? C'est maintenant que je commence à m'habiller, à lancer mes flammes dans la rue, et mes yeux sont prêts à affronter ceux de Jésus-Christ. Et Hortensia se tournait vers Cydalise, encore une enfant, en dépit de son ventre qui calebassait déjà. Et Cydalise lui disait, d'un rire provocant : Hortensia, chère sœur, c'est à présent que je vis, car c'est à présent que je suis fière, fière, fière. Et Hortensia ne s'étonnait pas de toutes ces paroles, ventres en calebasse, enfants bâtards qui se faisaient dans la case, car c'étaient là des perles qui se tenaient depuis longtemps dans son esprit. Seulement, elle rêvait d'aller trouver Raymoninque dans les bois, pour lui offrir la primeur de son ventre, de ses seins, de son corps qu'elle sentait déjà livré au grand vent. Elle rincerait ses cheveux à l'eau de cacao, elle glisserait sur le sentier, elle arriverait dans les grands arbres, elle dirait simplement à l'homme : C'est moi, Hortensia. Oui, c'est exactement ce qu'elle dirait, c'est ça même, oui, oui, oui : C'est moi, c'est moi Hortensia.

Quand son ventre commença à pointer, elle s'assit sur une roche et contempla l'horizon, pensivement, et parfois elle se mettait à sangloter, et parfois elle levait les yeux vers le ciel et partait d'un grand éclat de rire. Et c'était un mystère. Cléonie avait tout essayé pour lui faire rendre l'enfant, mais les racines de cocotier, les petits ananas verts, la cannelle, et toutes les tisanes de fleur de grenade, Hortensia les jetait ; quant aux bains chauds préparés par Man Louise, elle ne s'y était pas trempée. Et toutes les commères disaient qu'après un pareil traitement, si l'enfant n'avait pas quitté son ventre, c'est que son père l'avait cloué par ses maléfices, véritablement collé dans ses entrailles. Et c'était un autre mystère, mais Hortensia savait.

Ainsi allaient les choses au morne Pichevin, dans la case branlante de Man Louise, quand Hortensia ressentit un fin picotement sur le côté gauche, comme une personne qui a couru trop longtemps. Alors elle s'assit sur sa roche, sous le frangipanier, et elle posa doucement la paume d'une main contre son flanc, et, en cet admirable instant, son ventre frémit d'un appel qui s'étendit jusque dans les ongles de ses pieds, jusque dans les pointes abandonnées de ses cheveux. Et elle sut aussitôt que cet enfant serait sa lune et son soleil, et elle sut dans le même temps que son enfant n'irait pas dans les cannes, jamais, jamais Jésus, jamais la Vierge, jamais les bons anges qui veillez sur nous, pauvres pécheurs. Hortensia avançait maintenant toute droite dans la vie, aussi lourde et fière qu'un tronc de bois-rada, et sa tête tout là-haut bruissait dans le vent, les yeux baissés sur son ventre où semblait s'être logé le monde entier, avec ses astres, ses mers, ses montagnes, ses plantes, ses animaux, et ses hommes fertiles en nuances. Et dans sa gloire toute neuve, elle sut pourquoi les négresses appelaient leurs enfants : *ti moune*, petit monde. Et de ce jour on vit Hortensia se démener, casser son corps, couper le vent, monter arbres à pain, cocos, porter charges trop fortes pour son dos, et acheter et revendre, et revendre même ce qu'elle n'avait pas acheté. Elle n'avait de cesse, car c'était la misère de l'enfant qu'elle conjurait. Et les gens hochaient la tête en suivant son train : Ah, disaient-ils rêveusement, si les puces avaient un cœur, Hortensia aurait une chance de sortir son enfant de la canne. Mais ils savaient bien que les puces n'ont pas de cœur, et que si Dieu les avait faites plus grosses, elles vous suceraient jusqu'au dernier sang, oui, jusqu'à ce que vous tombiez inanimé et telle serait leur joie. Autrefois, dans les temps anciens, Hortensia avait su ce qu'il en est des puces et des hommes, et des anges et de tout le reste. Elle avait su que le Dieu qui punit n'est jamais loin, et elle avait su que si tu tournes à droite, c'est le feu, et si tu donnes à gauche, c'est l'eau. Elle avait su ces règles sur le bout des doigts, elle les avait sues, elle les avait toutes sues, mais le tressaillement de son ventre les lui avait fait oublier toutes. Et il lui arriva comme à tout nègre qui oublie. Une nuit, les plombs du fusil de chasse de Quentin Sernier frôlèrent ses oreilles. Un mouvement et le chien était déjà sur elle, et après le chien le blanc, et toute la nuit ce fut l'homme car il était à lui, ce corps de négresse, puisqu'il l'avait trouvé dans ses laitues. Et au matin elle sut ce que le mot de prison veut dire, dans le quartier des femmes de Saint-Pierre. On dormait sur deux planches posées à même le sol, on se respirait les unes les autres, on mangeait l'air noir. Hortensia émergeait lentement de son ventre, ses grands yeux s'ouvraient à nouveau au monde, elle souffrait à peine, s'étonnait, s'émerveillait de la geôle qui était aussi une sorte de ventre intermédiaire entre le morne Pichevin et la sphère admirable qui roulait maintenant sur ses cuisses. Un soir qu'elle était allongée et qu'elle appelait la nuit, le ciel profond, le calme des étoiles sur l'univers contenu dans ses entrailles, une femme s'approcha qui semblait avoir de drôles d'intentions « pédérastiques » à son endroit. Hortensia lui dit tranquillement : Chère cousine, vous ne voyez donc pas que mon ventre calebasse ? La femme s'éloigna en silence, mais *soudain* elle fit volte-face, se précipita sur Hortensia, et lui prit la chair des cuisses entre les dents par deux fois, avant que les autres ne lui fissent lâcher prise. On appela un gardien, on soigna Hortensia qui s'émerveillait de cette aventure, l'ajoutait à tout ce qu'elle avait déjà vu sur la terre des hommes. C'est à dater de ce jour, semblait-il, que les femmes l'appelèrent la Lune, surnom mystérieux qui traversa les murailles de la geôle, on ne sait comment. Mais l'incident avait rappelé son existence, et son ventre s'étala sous les lunettes des juges de Saint-Pierre, et quelques jours plus tard le vent souffla et la redéposa à sa place, dans les hauts du morne Pichevin, avec son sourire inchangé de madone calme, tranquille, assise en paradis...

Ainsi allaient les choses dans la case de Man Louise, ainsi... quand...

Extrait du Journal de Marie

Je suis née le 18 août 1885 à Saint-Pierre de la Martinique, dans les hauts du morne Pichevin, par temps de cyclone. Ma mère était seule dans la case quand les premiers craquements du ciel se firent entendre. Elle sortit pour appeler les enfants de ses sœurs partis à la ravine et fut prise par la bourrasque au milieu du sentier soudain plongé dans l'obscurité. Tombant sur les genoux, ses mains plaquées au ventre et le torse luttant contre le vent, elle vit à ce moment l'œil du cyclone qui était une mince nappe de lumière posée au ras des choses. Elle souleva ses mains à hauteur de ses yeux, où elles disparurent ; puis les replongea dans la nappe de lumière qui faisait, nous dit-elle par la suite, de tout le morne une immense luciole. Un nouveau craquement se fit alors entendre, cette fois dans son ventre, et oubliant toutes choses, la nuit, le cyclone, la pluie qui collait sa chemise contre sa peau, la pauvre femme se laissa tomber sur le dos, dans la lumière qu'elle ne voyait plus, et ses jambes repliées, ses pieds bien calés contre les rochers en bordure de la trace, elle s'ouvrit aux premières douleurs de l'enfantement, hurlant à pleine gorge sa joie et sa souffrance.

Elle me fit appeler Marie-Jésus-Bonheur-Lumière du Cyclone. Marie, aimait-elle à dire, parce qu'elle appelait la mère de Dieu à l'aide, pendant ses douleurs, et aussi en remplacement, en « dédommagement » du cierge de un mètre de haut qu'elle avait promis à la Vierge si l'enfant ne la tuait pas. Jésus pour m'avoir mise au monde dans la nature, toute seule ; et Bonheur en souvenir de cet instant de paradis (cette brève montée aux nues) qu'elle avait vécu lorsque j'eus la bonne grâce de me déposer doucement sur ses cuisses, venue au monde avec le sourire prétendait-elle faussement. Quant à Lumière du Cyclone, elle préférait ne pas évoquer cette erreur de jeunesse, fruit de la grande exaltation qui la saisit un mois durant à la pensée qu'elle était déesse d'un être. Selon certaines voisines, elle avait, dans ces jours d'ivresse, demandé au curé de porter également sur mon acte de baptême le nom de « Coupé-dents », en mémoire du fait qu'elle avait tranché de ses dents le cordon ombilical, avant de se traîner jusque dans la case ; mais elle ne put faire fléchir l'Église sur ce point. Vieille de tous mes os, la soixantaine passée, je ne puis m'empêcher de sourire en songeant à ma jeune négresse de mère qui aurait volontiers porté aux quatre coins de la terre son intense satisfaction de m'avoir mise au monde contre la volonté du cyclone...

Comme la bourrasque persistait, je me mis à trembler, à hurler, et ma mère se retourna, pour me protéger de la pluie. Alors je me tus à l'abri de son ventre, et elle vit qu'elle avait accouché d'une petite fille toute noire à talons massibilis. Le ciel n'avait pas gâté cette enfant, et dès le lendemain elle enterra le délivre et planta au même lieu un acomat, afin que sa fille ait au moins un compagnon sur la terre des hommes…

Une fois de plus je suis gênée de commencer le récit de ma vie par le jour de ma naissance. Ce procédé me semble expéditif, et j'irai jusqu'à soutenir qu'il y entre quelque fatuité. Certes, une autobiographie idéale remonterait le cours du temps jusqu'au premier homme : mais telle n'est pas mon intention, je le dis tout roidement au cahier. J'éprouve simplement un malaise, car je sens bien que le récit de ma vie réduite à elle-même ne saurait être qu'une imposture.

Les blancs disent qu'on ne se souvient que de soi. C'est peut-être pour cela que mes plus anciens souvenirs semblent appartenir à une autre, à celle que j'étais avant d'être moi. Toutes les images de mon enfance sont recouvertes d'une poussière grise, elles sont comme un paysage volcanique dont les arbres et les rochers se fondraient dans un même brouillard indéchiffrable. Je me vois bouger, remuer sous les ordres de Man Louise, chercher de l'eau, traîner un enfant sur ma hanche, le porter dans mon dos, courir après le porc, les poules, courir après les crabes de terre, de mer, courir après les mauvaises herbes, dans les champs de cannes de l'usine, en compagnie des Ti Bandes, courir avec nos petites charges d'engrais, courir, toujours, avec quelque chose sur la tête, la touque d'eau, le panier d'herbes, la caisse à engrais qui nous brûlait les yeux au premier coup de vent, ou nous dégoulinait sur le visage à la pluie, tandis qu'on enfonçait les doigts de pied en terre, profondément, surtout dans les crêtes, afin de ne pas renverser sa caisse et sa journée avec. Je vois bien ce que j'avais sur la tête, mais ce que j'avais dans la tête, en ce temps-là, je n'en sais rien. Telle chose advint à telle petite fille de sept ans, huit ans, que par recoupement je découvre être moi-même. Probablement étais-je un peu timide, puisqu'on m'avait donné ce nom d'herbe timide : la Honteuse.

6

Toute sa vie, Hortensia se souvint de cette petite chose raidie sous la pluie, avec déjà la lippe qui lui resterait, déjà. Mais Man Louise ne voyait pas cette enfant sous ce jour. Elle était toujours à la tourner, virer, pile, face et profil, avec une moue dédaigneuse, la soupesant du regard comme un déchet qu'on soulève au bout d'un bâton. Plus tard, elle lui faisait signe d'approcher, et l'enfant arrivait raide sous le regard de l'ancêtre qui examinait pour la millième fois cette petite callipyge, ses talons en soucoupe, les ailes élargies de son nez. Alors Man Louise hélait la mère qui accourait : Quoi, qu'est-ce qu'il y a encore ? Et Man Louise disait gravement : Écoute, Hortensia, je te jure que cette enfant est sortie des graines de Raymoninque. Et tantôt elle ajoutait : Regarde la forme de ses dents ; et tantôt elle précisait :

Regarde ses oreilles, ce sont les oreilles de Raymoninque toutes crachées. Et Hortensia disait : Je te l'ai déjà dit cent fois, Man Louise, cette enfant ne sort pas d'un mais de plusieurs. Peut-être bien que Raymoninque lui a fait les dents ou les ongles, mais ce qui est sûr, c'est qu'il ne lui a pas fait l'intérieur de la tête. Et elles commençaient à se disputer, toutes deux, Man Louise disant qu'elle reconnaissait les dents de Raymoninque dans la bouche de Mariotte, cependant qu'Hortensia rétorquait sans arrêt qu'elle était au moins sûre d'une chose, c'est qu'il ne lui avait pas fait l'intérieur de la tête. Et, machinalement, Mariotte faisait un petit keppe de désolation, avec la pointe de sa glotte, car elle n'aimait pas avoir les dents de Raymoninque sur ses mâchoires, elle n'aimait pas ça, elle n'aimait pas ça tout bonnement. Un jour elle avait fait la rencontre de Raymoninque sur le sentier qui mène à la ravine, une touque juchée en équilibre sur son crâne. Il l'avait retenue par le bras en silence, puis il avait posé sa main sur sa joue en la regardant du même air que les trois autres nègres du voisinage qui se vantaient d'avoir fait les yeux, la bouche, ou telle autre partie de la personne de Mariotte. Mais c'était la première fois que Raymoninque procédait ainsi, et Mariotte était restée immobile sous le regard de ce démon. Enfin, il avait déclaré gravement : Enfant

Solite, le sang du Bon Dieu coule comme la rivière Capote : il saute une pierre, enfile un pré, entre on ne sait comment dans les veines d'une petite fille. Vois-tu, je ne sais si tu es de mon sang, mais si tu es heureuse ici-bas, remercie-moi. Et si la vie se déchire pour toi, pardonne au pauvre Raymoninque.

Quand elle rencontrait un de ses présumés pères, Mariotte avait l'impression de voler en éclats comme une roche, de se diviser en autant de parties qu'il y avait de graines d'hommes qui s'étaient déposées dans le corps vivant d'Hortensia. Alors elle serrait les poings et fixait l'homme avec haine jusqu'à ce qu'il s'en aille. Elle avait fait de même avec Raymoninque après qu'il eut prononcé ces paroles mystérieuses.

De temps en temps, Raymoninque apportait des légumes, des fruits, quelques bricoles, et Man Louise les acceptait, car c'était sa participation pour la part qu'il avait prise à faire l'enfant. La plupart du temps il n'avait pas envie de rentrer, et il déposait le tout sur la véranda. Mais parfois il faisait un pas dans la pièce, et s'asseyait sans rien dire, sur les talons, le dos contre la paroi, près de la porte, pour bien montrer qu'il n'y avait rien entre lui et la liberté du dehors. Il n'avait jamais un coup d'œil pour sa présumée fille, ni une caresse ou une marque d'attention. Alors Man Louise ne pouvait s'empêcher de lui dire, avec mépris, quoique tremblant intérieurement : Alors Diable-là, tu es encore vivant ? Il faut croire que la terre est pleine, ou que la mort n'a plus faim... Et c'était tout, ou presque. Hortensia lui apportait un chocolat tout fumant, ou autre chose qu'un homme ne peut pas faire tout seul, et de temps en temps elle lui disait : Alors, Raymoninque ? Et l'homme ne répondait pas, mais on voyait bien qu'il avait entendu et que ça lui faisait plaisir. Un jour qu'il était sur ses talons, à savourer un « chaud-manger », tout à coup, il se redressa comme un ressort, jeta sa gamelle sur le plancher avec violence et commença à crier, disant : Qu'est-ce que c'est que ça, une maison avec quatre femmes sans hommes et tant de bâtards ? Man Louise se mit à gémir de peur, et tous les enfants se réfugièrent près d'Hortensia souriante, sauf sa propre fille qui se raidit soudain, toute nue au milieu de la pièce, et resta à regarder l'homme de ses yeux plissés, curieux, cependant que sa lèvre se gonflait en lippe et que ses poings se serraient. Et puis l'atmosphère se détendait brusquement, car on voyait que Raymoninque n'était pas fâché contre le monde de la case, mais contre autre chose, contre lui-même, peut-être, car il frappait maintenant sa tête du poing tandis que sa grosse voix s'écriait : Qu'est-ce que c'est que ça ? Qu'est-ce que c'est que ça ?

7

Marie Solite, l'enfant Mariotte, se demandait si elle n'était pas une petite fille venue sur la terre par erreur. Et peut-être sous les cieux, peut-être était-elle la seule personne qui se fût trouvée dans ce cas, peut-être bien oui, se disait-elle toute stupéfaite, en bouleverse, transie d'angoisse. Elle se penchait alors sur une rigole, une flaque d'eau, et elle se demandait ce qu'une telle personne faisait sur la terre des hommes avec ces yeux-là, ces deux talons massibilis, et ces fesses matées dressées scandaleusement dans l'air, comme pour narguer le ciel. Elle aurait bien aimé cacher toutes ces misères sous une chemise, un caraco, une petite culotte, mais il lui fallait encore attendre, elle n'était pas d'âge, disait-on, et c'est pourquoi Marie Solite avançait toute nue dans la vie, toute nue sous l'ardeur du ciel, sous la haute flèche des cannes, sous le piquant divisé à l'infini des regards. Elle se donnait une contenance, feignait un pas tranquille et se sentait alors planer, loin au-dessus de son corps vivant, et Hortensia lui trouvait une démarche à la matadore, du nom de ces robes somptueuses que portent certaines mulâtresses à grains d'or et tremblants ; mais Hortensia ne voyait rien comme tout le monde, se disait Mariotte, avec une émotion étrange. Le plus petit mot de sa mère lui était agréable, oui, non, bonjour, les plus simples paroles prenaient un éclat nouveau et c'était comme si elles n'avaient jamais été prononcées avant la bouche souriante d'Hortensia. Mais de temps en temps elle soupçonnait une présence derrière elle, en train de l'observer, et se retournant subitement elle croyait voir une silhouette diaphane qui se dissipait aussitôt. C'était l'esprit attaché à ses pas, son mauvais ange, son démon acolyte, celui qui la poussait à grimper dans les arbres pour se bourrer de toutes sortes de fruits à nègres marrons : pommes surettes, pommes-cafés, pommes-coolies, oranges grosse peau toutes grumeleuses d'amertume. Grand-mère n'était pas dupe de ses forfaits et à peine avait-elle cédé à la tentation qu'elle s'écriait : Crois-tu me faire illusion, petite négresse marronne sans âme... Mariotte, où est ta honte, fille de rien, truie affamée, scélérate, maudite ? Tu finiras mal, je te le dis, les vers eux-mêmes ne voudront pas de ton cadavre. Quand elle entendait ces paroles, Mariotte avait souvent le souffle coupé devant la « noirceur » de son âme, et elle se demandait ce qu'elle pouvait faire pour la nettoyer, pour que Man Louise la regarde un jour sans dégoût. Et soudain, soulevant sa canne, grand-mère la dirigeait sur le corps vivant de Mariotte, pleurant d'une narine, comme surprise au plus haut point par son geste. Alors elle avisait le minuscule banc au pied de sa berceuse et s'y laissait glisser jusqu'au ras du sol, balançant lentement son corps, sa tête étrange de chauve-souris comme séparée du reste, posée entre ses deux genoux surélevés telles des ailes de chaque côté du crâne. Et soudain, ses yeux emplis d'une mystérieuse frayeur prenaient leur envol, semblables à des papillons de nuit, et venaient se déposer sur l'épaule de la petite fille toute nue au centre de la pièce. L'enfant Mariotte serrait sa bouche, serrait ses poings, et ses yeux roulaient froidement sous la coupole de son front Congo, de manière que nulle personne au monde n'aille imaginer ce qui se passe à l'intérieur d'une petite fille sans âme, venue sur la terre par erreur, une petite négresse si noire que bleue, avec son derrière oblong qui offensait le ciel, ouaye. Et nul n'imaginait ce qui se passe. Et c'était bien, se disait gravement l'enfant Solite, c'était ça même qu'il fallait, ça même, ça même Jésus.

Quand tout était fini, quand la vie de la case reprenait son cours, Hortensia l'attirait contre ses jupes et, soupirant d'aise à chaque mouvement de ses doigts, elle entreprenait tranquillement de lui faire les nattes. Entre ses mains, le peigne de métal ne griffait que le vent. Elle humectait chaque touffe d'une coulée d'huile de carapate, afin de lui donner souplesse et brillant, et, avec des précautions de couseuse, elle démêlait ses fils, les rassemblant en mèches puis en tresses rigides que sa curieuse esthétique enroulait finalement en rangs d'oignons sur toute la surface du crâne de l'enfant. Et ne s'interrompant de rares fois que pour morigéner la marmaille alentour, elle chantait doucement des mazoukes très lentes, car elle avait le bonheur mélancolique, et puis des biguines doux sirop, de celles que l'on dansait encore à Saint-Pierre, en ce temps-là, en ces années de fin de siècle, de fin des temps, quand il y avait encore une ville et des rues et des gens pour danser, et des mornes qui contemplaient la ville, et des nègres qui descendaient de ces mornes pour secouer leurs pieds nus dans les rues, et pour apprendre comme on respire, les chansons qui traînaient dans l'air. Et il y avait *Yaya*, *Ti Rose Congo*, *Agoulou*, *Peine procurée par soi-même* et tant d'autres merveilles qui devaient disparaître à jamais, avec tout le reste, le 8 mai 1902, ensevelies sous les cendres de la montagne Pelée. Et elle connaissait aussi de vieux chants d'esclaves, et la petite fille se demandait pourquoi, en murmurant ces mélopées, Hortensia maniait ses cheveux avec encore plus de douceur, comme si ses doigts en devenaient liquides de pitié. Et puis la voix d'Hortensia tremblait, les paroles prenaient un éclat nouveau, et c'était comme si elles n'avaient jamais été prononcées par une bouche humaine. Et c'était toujours la même chose : pour les chansons de tous les jours, les mazoukes ou les biguines gros sirop, la voix d'Hortensia était comme une ligne de sa douce et large face camuse où seules les joues tendues comme un tambour formaient deux taches de lumière. Mais lors de chansons anciennes, soudain la voix se détachait du visage et s'élevait dans les airs, montait dans le ciel, atteignait des régions toutes différentes du morne Pichevin, et l'enfant se demandait alors si sa mère n'était pas descendue sur la terre par erreur, elle aussi, avec cette voix mystérieuse en seul témoignage de ce qu'elle avait été, avant sa naissance, et de ce qu'elle était peut-être, secrètement, sous l'émouvante masse de chair noire. Et elle écoutait la voix qui tremblait, et l'eau commençait à se troubler dans sa tête, et cela arrivait presque toujours lorsque sa mère y allait de cette chanson-là, *Idahé* :

Maman où est où est où est Idahé
Ida est vendue et livrée Idahé
Ida est vendue et livrée Idahé

Et peut-être cela venait-il de la voix, et peut-être cela venait-il du peigne qui vous caressait avec encore plus de douceur que la voix. Et puis il y avait également ceci, qui contribuait beaucoup à faire tourner l'eau dans votre tête : à ces moments-là, quand elle avait chanté cette chanson, *Idahé*, la pauvre Hortensia se penchait et lui faisait un petit compliment menteur sur ses cheveux, bien qu'elle les sût pertinemment plus courts et plus crépus que tous ceux qui encombraient la case à Man Louise. Et cependant Mariotte aimait entendre ce compliment, et comme elle soupirait contre le ventre de sa mère, et comme elle serrait les poings, soudain prise d'une rage obscure, Hortensia lui soulevait le menton et, plongeant son regard dans les yeux de l'enfant, lui chuchotait avec un air d'étonnement : Mariotte, cher petit monde, mais qu'est-ce que vous avez donc dans votre corps, pour faire toutes ces criminalités-là ?

Une nouvelle vie commença lorsque Hortensia lui offrit une camisole de toile jaune, mais si courte qu'elle l'obligeait à une démarche curieuse, aérienne, sur la pointe légère de ses pieds, de façon à abriter la plus grande portion imaginable de peau. De ce fait, elle se trouvait à la merci du moindre obstacle, une roche, un accident de terrain, une flaque d'eau sur le sentier et, soudain déséquilibrée, ses bras raidis se soulevaient légèrement, d'un côté de son corps, de l'autre, comme le balancier ivre d'un danseur de corde. Elle savait bien que la camisole ne recouvrait que le vent mais ainsi, nul ne pouvait s'apercevoir de sa fragilité, de son inexistence. Et une curiosité lui était venue à l'égard de ce qui se passe au-dehors, parmi les personnes humaines dont l'âme avait été plantée par un seul homme, une âme solide et compacte coulée d'un bloc. Elle sortait maintenant à la rencontre des humains, des plantes, des animaux à l'âme étrange, elle s'arrêtait partout où il y avait quelque chose à voir, et elle papillotait doucement des paupières avec une sorte de nostalgie lointaine, et c'était comme si tous les êtres et les choses étaient constitués d'un tissu très fin et très serré, avec des infinités de fibres différentes, fibres de personnes humaines, de personnes animales et de plantes qui toutes constituaient un vêtement immense et tellement serré qu'on ne pouvait rien voir au travers, sauf, peut-être, à l'endroit où se tenaient deux êtres de vent, deux personnes venues sur la terre par erreur : elle, elle-même, Mariotte enfant négresse et ce grand nègre fou de Raymoninque dont la seule pensée amenait un singulier sourire à l'intérieur de ses lèvres, cependant qu'elle se disait aussitôt à elle-même, sur le mode plaisant de sa mère Hortensia : On voit des choses sur la terre, on voit des choses non, c'est pas croyable.

Cependant, au fur et à mesure qu'elle errait dans le morne Pichevin, il lui venait l'impression que la toile du monde n'était pas aussi serrée qu'elle l'avait cru, et que certaines âmes n'étaient pas aussi denses qu'elles en donnaient l'impression. Cela arrivait surtout lorsque des nègres riaient. Elle n'avait jamais fait attention à cela, et la première fois qu'elle vit un trou à l'intérieur du rire d'une personne humaine, elle en fut toute surprise. Elle se trouvait aux abords de la boutique de Dame Henriette, à la brume du soir, tandis que les femmes s'approvisionnaient pour le souper des leurs, quand madame Tété se mit à rire avec la bouche et les dents, comme si elle toussait. Elle se mit à parler de ce maudit Raymoninque qui disait que si Dieu avait fait le monde tel qu'il est, alors il choisissait le Diable, car il ne voulait pas seulement survivre : à présent, il voulait vivre.

Quant à elle-même, Elmire Tété, elle avait trouvé la vie déchirée et elle n'avait pas l'intention de la recoudre. Et elle lâchait alors un éclat de rire comme une toux brève, sèche, qui vous tracassait le cerveau. Mais aussitôt après son visage se reformait comme avant et Mariotte se demandait si elle n'avait pas rêvé, si vraiment l'âme de madame Tété avait une légère fêlure, comme il lui avait semblé. Mais presque aussitôt le rire changeait de nature, un voile de gaieté pure apparaissait, et elle se demandait si elle avait bien entendu. Mais un jour le rire ne s'engloutit pas et elle fut sûre de l'avoir bien entendu, et c'était sur les lèvres de Man Louise. Le rire de Man Louise était spécial et Mariotte n'avait jamais pu lui donner la moindre explication. C'était un rire vraiment curieux. Man Louise commençait par écarter ses lèvres et puis elle toussait une fois, deux fois, trois et cela dans des circonstances toujours curieuses, elles aussi. Généralement, elle toussait en racontant des histoires relatives à l'esclavage aux enfants. Longtemps Mariotte avait pensé que Man Louise était née avec cette chose blanche au bas de ses reins, comme elle était née avec cette estampille à l'épaule qu'on pouvait voir quand l'encolure de sa chemise descendait sur sa poitrine. Plusieurs personnes portaient les mêmes marques incompréhensibles, et on disait qu'elle sortait de l'esclavage. Mariotte croyait que c'était une région de la vie d'où ces personnes sortaient en cet état, comme elle-même était sortie du ventre d'Hortensia. Elle écoutait avec plaisir les histoires de l'ancêtre, qui toutes se déroulaient en cette région lointaine et puis un jour, subitement, on ne sait pourquoi, elle avait su que tout cela s'était déroulé sur le morne Pichevin, peut-être à côté de son prunier de Chine, peut-être dans l'air même qu'elle respirait, toutes ces histoires de fers qui avaient marqué ces vieilles peaux, toutes ces histoires d'appels, de cloche matinale, de bons et de mauvais maîtres, de carcans, de quatre piquets et tonneaux-clous, et de fouets, de verges, de longues rigoises qui blanchissaient le derrière des grandes personnes. Et c'est alors seulement qu'elle avait prêté attention au rire de Man Louise, alors seulement, alors. Mais tout allait si vite, à peine deux ou trois petites quintes de toux dans ses oreilles, et aussitôt après, contemplant la figure immuable de Man Louise, Mariotte s'interrogeait, se demandait si elle avait rêvé tout cela, cependant qu'une musique déchirante se poursuivait dans sa poitrine comme un écho. Mais les toux les plus fortes de Man Louise se produisaient lorsqu'elle expliquait la vie aux enfants, comment séparer le bien du mal, sur la terre, et tout ce qu'il convient de faire vis-à-vis de Jésus-Christ et de ses fils légitimes ici-bas, ses enfants bien-aimés. Alors, pour appuyer sa démonstration, grand-mère abaissait son décolleté et montrait l'antique sein brûlé afin que les enfants voient ce qu'il en coûte de désobéir. Et si l'un d'eux tendait le doigt vers elle dans l'espoir de toucher la marque, grand-mère le repoussait et se mettait à tousser très fort, une fois, deux fois, trois fois, et c'était vraiment comme que comme, et c'était vraiment comme si elle avait dit avec des paroles humaines que ce sein n'était pas le sien, et que d'ailleurs elle n'habitait pas ici, dans ce vieux corps soupirant, non, elle se tenait loin de tout ce que pouvaient voir les yeux encore pleins de lait de ces enfants-là.

Alors, Mariotte respirait un peu, et étouffait et respirait, à cause de cette musique dans sa poitrine, et puis elle gagnait gravement le fond de la cour, où elle se glissait sous le prunier de Chine, en écartant les branches basses, jusqu'à se perdre dans cette petite cage de feuillage que le soleil ne parvenait pas à transpercer. Et là elle écoutait, elle se demandait, elle croyait entendre, elle écartait les feuilles pour voir le monde du dehors, et puis les lignes s'assombrissaient, le soir montait lentement, comme une exhalaison, la case disparaissait d'abord, ensuite les arbres, les collines, les pentes lointaines du volcan, dont la pointe continuait à flamboyer dans le ciel, longtemps après que toute la terre eut été plongée dans l'obscurité, sous les étoiles au scintillement tremblant, inquiet, irréel qui semblaient posées là par erreur, comme tout le reste.

Extrait du Journal de Marie

Nul bruit. Je coule des semaines, les grands fonds me happent, les algues, le froid, la nuit glauque... Puis je refais surface... Ainsi passent les semaines, les mois, les années. Je m'efforce d'écrire un certain livre qui m'offre une résistance insolite. Je ne compte plus les versions abandonnées : papiers qui s'amoncellent, gestes vains, noyades. Je fais parfois un cauchemar : allongée dans un boyau étroit, au cœur d'une montagne, je rampe à travers le roc ; une lueur se met à trembler, mais le boyau fait un coude, dans lequel je me vois soudain coincée, à quelques mètres du rond de lumière. Le retour lui-même est devenu impossible et il faut se résigner, assise dans la pierre inusable.

*

* *

Ce qui me reste aussi de cette époque, c'est l'extraordinaire aventure de tante Cydalise, et probablement voyais-je son marin du même œil que tout le monde dans la case, le même que tous les habitants du village, un œil de bête inquiète et émerveillée.

C'est que rares étaient les blancs qui grimpaient jusqu'au morne Pichevin, et leurs motifs nous paraissaient obscurs. Il y avait eu, sur le coup de mes cinq ans, un homme étrange venu du bord de mer, village du Carbet, qui remplissait de couleurs, directement prélevées aux arbres, aux chemins, au ciel, de grandes surfaces de toile où l'on avait l'impression de se mirer. Trente ans plus tard, me promenant dans Paris, je sus que cet homme était le peintre Gauguin. Il était resté deux jours parmi nous, et avait laissé un souvenir terrifiant, à cause de sa tenue si peu convenable pour un blanc, et en raison de ses cheveux en étoupe, tout pareils à ceux de certains chabins flamboyants. Il y en avait eu d'autres, trois ou quatre, généralement des blancs déclassés, maudits, tombés au pied de la négresse, et qui se roulaient vingt-quatre heures dans le rhum, avant de redescendre en ville, pour endosser leur dignité : deux ou trois blancs-France, aussi, à port d'âme normal, mais qui appartenaient à cette espèce curieuse, fureteuse, espionneuse, et d'ailleurs parfaitement aveugle à laquelle on donnait le surnom de Z'oreilles. Le marin de tante Cydalise faisait vraisemblablement partie de cette dernière catégorie. Elle l'avait pêché dans la rue, à Saint-Pierre, un jour qu'elle était descendue vendre un panier de letchis. Et, séduit peut-être par son allure de pouliche soyeuse, par sa voix, ou par quelque autre de ces mystères féminins qui dorment dans le cœur de l'homme, il l'avait suivie.

C'est vrai qu'elle était encore bien belle, en ce temps-là, tante Cydalise, en dépit ou à cause de ses trois maternités, qui sait ? À la maison on ne s'en rendait pas compte, sa beauté était comme endormie, repliée, du linge en coffre. Mais dès qu'elle mettait le pied dans la rue, surtout en ville, elle s'ouvrait. On croyait à tout instant que sa peau allait devenir transparente, mais c'était comme un fleuve intarissable de nuances, qui ne s'arrêtait jamais de couler. Elle avait la teinte du miel d'acacia, ses cheveux mousseux lui faisaient une auréole d'ange gardien, et ses yeux rêveurs flottaient à ses joues telles deux demi-lunes d'argent dans une eau dormante. On était étonné de la voir sans suivantes, par les rues, parce qu'elle avait véritablement ce port-là, de reine aux longs seins. On avait toujours l'impression, quand elle marchait, qu'elle n'était pas seule. C'était comme une reine, entourée de ses suivantes, invisibles, oui. Et dans l'amour, c'était la même chose, on s'en était assuré maintes fois. Il y avait ce rituel, bien sûr, créé par Man Louise, ce cérémonial auquel tous les messieurs finissaient par se conformer, qu'ils fussent noirs ou blancs. Sauf évidemment ceux qui gagnaient directement la chambre nuptiale, par-derrière, en empruntant le champ de cannes. Mais tante Cydalise le transportait, ce cérémonial, jusque dans le lit. C'était d'autant plus difficile que certains ne se tenaient pas comme il faut, une fois franchie la petite porte. Mais tante Cydalise n'entendait pas certains mots, ne voyait pas certains gestes, elle se conduisait là comme dans la grande salle, sous le regard de Man Louise. Ces mots et ces gestes ne la concernaient pas, elle se transportait ailleurs, toujours reine aux longs seins, entourée de ses suivantes.

C'est d'ailleurs curieux, toutes ces formes que Man Louise imposait aux visiteurs qui entraient par la grande porte, toutes ces politesses qui les retenaient, sans doute, un peu, quand ils franchissaient la petite porte. Elle prétendait, Man Louise, ne pas se souvenir d'avoir été dérespectée par aucun homme, fût-il blanc. Pour ça aussi elle avait des antennes d'esclave, oui, je la soupçonne d'avoir deviné que les pauvres fastes de politesse et toutes ces simagrées dont nous entourions les visiteurs de la grande porte les contraignaient au minimum de décence qu'ils oubliaient volontiers à l'entrée des autres cases sans homme. Les enfants brillant dans leurs loques, le plancher net, les fleurs rayonnant dans tous les coins, dans des vases qu'elle sculptait elle-même dans des racines de fougères géantes. Les fruits sur le tréteau de planches, recouverts d'immenses feuilles de latanier. Le semblant d'étiquette qui portait grand-mère en avant, entourée de ses filles, comme d'autant de dames de compagnie. Et le silence profond, les gestes mesurés, cet air vaguement souriant, souriant, et imbu de soi, qui nous gonflait toutes. Le silence, oui, jusqu'à celui des nourrissons, qui semblaient éprouver un léger zéphyr de solennité. Et puis nos vêtements, nos chiffes que nous agitions comme autant de drapures, sur l'exemple de Man Louise, tout cela, cet insolite, ce merveilleux, impressionnait au plus haut point les monstres étranges qui nous venaient du dehors, apportés par les voiles de moman, de tante Cydalise ou de tante Cléonie. Et probablement se demandaient-ils, eux aussi, entrant dans notre case, s'ils étaient de simples mortels.

Enchanté, le marin revint chaque dimanche. Et peu à peu, quittant d'abord son enveloppe ironique, puis le masque d'humour dont il se protégeait, il nous parut sensible au raffinement du cérémonial, et désireux d'apporter sa petite pierre à cet humble temple de la courtoisie. Par exemple, il prit l'habitude de gagner la petite pièce du fond, en compagnie de tante Cydalise, mais sans aucune des plaisanteries égrillardes, des postures faussement enamourées, ou des petites tapes, en passant, sur la hanche osseuse de grand-mère, dont il assortissait, au début, son entrée dans la chambre nuptiale. Mieux, il consentit à se remettre en tenue décente avant de réintégrer la chambre principale où nous attendions le retour des voyageurs. C'était tout le contraire d'un blanc maudit. Rectification : il était extrêmement soigneux de sa personne, c'était tout le contraire d'un blanc maudit. On le voyait à certains détails, qui nous enchantaient. Ainsi, les trois tabourets qu'on installait dans la chambre d'hymen, avant ses visites, afin qu'il pût y disposer toutes les pièces de son uniforme. Il avait la manière de les ranger une à une, bien à plat, à commencer par son béret à pompon rouge qu'il déposait à deux mains, avec respect, sur le tabouret, comme un ciboire. Il aimait que tante Cydalise le savonne après l'hymen, sans doute afin de ne pas rapporter son odeur au cantonnement. Et tandis qu'elle-même s'asseyait dans un bassin de terre cuite rempli d'eau fraîche, nous pouvions le voir, lui, furtif, entrouvrir légèrement le bec de son coq, afin de vérifier, peut-être selon les directives de son manuel, si la rosée de son corps était toujours transparente et pure. Il ignorait qu'à travers les interstices du bois, nous le regardions. Et tante Cydalise, à son insu, nous faisait de petits sourires aimants, des grimaces câlines, des chuts muets, l'index posé en travers de sa bouche. Et tout ça nous comblait d'aise, tandis que nous contemplions, collés au panneau, silencieux, retenant nos souffles, le mystère inépuisable de ses amours avec un homme blanc, dans la petite chambre aux volets ouverts sur la lumière du champ de cannes. Toute la maison était silencieuse, aussi. Les grandes personnes se tenaient au milieu de la chambre, à une certaine distance de la cloison, pour manifester qu'elles n'écoutaient pas, et cependant, mon Dieu, assez près pour entendre chaque soupir, suivre toutes les péripéties, se préparer d'avance, suivant l'heureuse ou douteuse issue du voyage, à recevoir comme il se doit les voyageurs. Et le marin de tante Cydalise, qui finissait par se croire seul, couvrait de claques sonores la croupe luisante d'eau, et s'écriait, en bon français de France : Tu es marrante, toi aussi.

Il y avait un autre point du cérémonial, auquel il avait fini, lui aussi, par se conformer. C'était l'amour éteint, les peaux lavées, les vêtements enfilés, boutonnés, lacés, de regagner tout seul la chambre où nous l'attendions, tandis que tante Cydalise, se glissant par la fenêtre, faisait le tour de la case par le champ de cannes. Quelques minutes plus tard, elle réapparaissait, sur la véranda, et entrait par la grande porte, comme si de rien n'était, avec un air de feinte surprise, à la vue du marin déjà installé sur la chaise longue de rotin que nous empruntions à madame Tété. J'ignore ce que le marin pouvait penser de ce manège, pourtant si conforme aux canons esthétiques de Man Louise. Mais il semblait s'y prêter avec plaisir, et nous devinions confusément, aux propos qu'il échangeait, ensuite, avec sa belle, à ses manières distinguées, nous devinions qu'il avait saisi l'idée principale du jeu et lui apportait son concours honnête. Et il attaquait avec gravité, avec un sérieux extrême, le repas qui fumait déjà dans l'assiette blanche décorée de violettes de Parme que nous empruntions, également, à madame Tété, en même temps que sa chaise longue. Rien qu'à sa serviette, disait Man Louise, doctorale, on voyait que ce n'était pas un blanc maudit mais un saint. C'étaient toujours de belles viandes, qu'il rapportait de Saint-Pierre, dans sa besace, avec les petits cadeaux d'usage. De la viande à gril, ou bien du rognon, ou bien du petit oiseau. Mais parfois, un caprice le prenait, il trempait sa cuiller dans notre haricot rouge, dans notre manioc, dans notre colombo s'il y en avait, et nous le regardions toutes avec reconnaissance. Et puis il terminait, nettoyait son assiette, avec le pain frais qu'il rapportait, chaque fois, de Saint-Pierre, s'essuyait la bouche avec son mouchoir, avalait, d'un trait, son viatique du grand Coqueur et sur un rot poli, il tirait de sa sacoche le petit livre noir au liseré d'or, et il s'absorbait en une contemplation qui nous laissait toutes pantelantes d'amour, de vénération morose, et de cet effroi qui nous prenait le vendredi saint, lorsque nous revivions la passion du Christ, à chacune des quatorze stations du calvaire de ce fils de Dieu qui était mort à cause de nous.

Seules les grandes personnes connaissaient un peu le français de France, et pouvaient communiquer avec lui. Nous autres les petits mondes, on restait là, silencieux, à écouter couler le beau français de France. De temps en temps, on attrapait un mot au passage, une goutte. Quand il s'y mettait, c'est parler que parlait cet homme, une rivière, un fleuve étincelant qui coulaient de sa bouche, tandis que nous écoutions, sur la rive, à très grande distance, les yeux béants d'admiration, et d'une grande tristesse. Mais il parlait surtout pour lui-même, les yeux en dedans, plongeur d'eau profonde, que tante Cydalise s'évertuait vainement à suivre, ou peut-être à saluer, ou peut-être à encourager en répétant de temps en temps, après lui, avec une sorte de délectation, un petit bout de phrase, ou un mot connu d'elle. Mais c'était surtout grand-mère qui brillait dans ces circonstances. Il ne lui restait plus rien de son enfance, de sa jeunesse passée derrière la chaise des blancs, mais elle se souvenait des paroles de son aventurier, celui qui l'avait mise en case, honorée, couronnée, celui qui lui avait donné toute cette belle descendance. De temps en temps, elle parvenait à tirer de son vieux cerveau quelque mot enfoui comme une pépite. Elle y arrivait encore, les jours de chance, mais les autres jours, c'étaient seulement des *missié-la*, saccadés, insistants, qui nous faisaient pouffer en secret, tellement nous en pressentions les limites. Il y avait pourtant une phrase qu'elle savait, qu'elle savait sur le bout des doigts, qu'elle avait réussi à retenir, on ne sait comment. Elle la disait généralement en fin de visite, le dimanche soir, quand il s'en allait. Sans regarder le marin, et s'adressant à l'une d'entre nous, celle qui lui tombait sous la main, sans regarder le marin, mais visiblement à son intention, elle murmurait, d'une voix zézayante de gratitude : Tu vois, *missié-la* brave, *missié-la* gentil, *missié-la* va donner un petit monde à tante Cydalise. Et le marin flatté, toujours flatté comme la première fois, s'avançait vers la porte en tapotant, lentement, le crâne de chacun des enfants rangés en ligne pour son départ.

Elle n'avait jamais pu, grand-mère, jamais pu avoir le saint-sacrement dans sa case, fût-ce vingt-quatre heures, en raison du fait qu'elle était encore demoiselle. Elle était donc très sensible à la présence d'un livre dans la maison, fût-ce seulement le dimanche. Le missel du marin la réjouissait au plus profond de son cœur, comme un hommage rendu à la manière dont elle avait vécu devant Dieu et les hommes.

Après sa sieste, le marin abandonnait son livre sur le tréteau, et sortait faire un tour pour se dégourdir les esprits, tout seul. Grand-mère glissait un napperon brodé sous le livre, et veillait elle-même à ce que nul d'entre nous n'en approche, et elle nous disait, toute sa gorge gonflée de joie, palpitante, elle nous disait : Z'enfants, surtout ne touchez pas au missel du blanc-France, car c'est comme qui dirait un peu du saint-sacrement qui entre à la maison, grâce au marin de Cydalise. Ah je ne vous dis pas, j'aimerais le voir moi aussi, une fois, le saint-sacrement entrer dans cette case, le grand, le beau, dans son tabernacle, comme madame Bakandé. Mais aussi elle porte une alliance, madame Bakandé, elle n'a pas d'enfants à crédit chez elle, et ce monde-là descend à la messe tous les dimanches, et ça paie recta le denier du culte, alors hein ? c'est justice. Quoique, je vous le dis franchement, on ne sait jamais, Notre-Seigneur fait de grands miracles. Et tiens, par exemple, s'il voulait que l'une d'entre vous rencontre un homme de bien, et s'il faisait, Notre-Seigneur, que celle-là se souvienne de moi. Alors la première chose que je lui demanderais, ça serait de nous amener une de ces petites processions-là, jusqu'à la case, avec le tabernacle en tête, et le curé qui bénirait ces planches où nous avons tout de même lutté pour accomplir la volonté de Jésus, n'est-ce pas, z'enfants ? Amen.

Tout le monde disait amen, et Man Louise reprenait : On raconte qu'elle a grossi de quatre kilos, madame Bakandé, depuis qu'elle a eu l'honneur du tabernacle. Mais aussi faut dire que ces gens-là se sont bien conduits avec le saint-sacrement. Trois jours entiers qu'ils ont prié, chanté, et ils surveillaient tellement leurs péchés, avec Notre-Seigneur sous leur toit, qu'il y en avait toujours un la nuit qui veillait, qui montait la garde sur le péché des autres. Et le résultat ? Quatre kilos pour madame Bakandé. Ah si seulement on pouvait l'avoir, le saint-sacrement, je ne dis pas trois jours, mais juste une petite visite en passant ; et même s'il entrait juste pour une minute sous l'auvent, voyez-vous ; et même s'il se contentait de passer sur le sentier, tenez, avec ses quatre porteurs allant d'un bon pas, ça nous lessiverait tous les péchés de cette case en un rien de temps. Mais pourquoi passerait-il sur ce sentier, Notre-Seigneur, pourquoi ?... On est au bout de rien, il y a juste que la case à Man Zina et après c'est la ravine à Z'icaques. Alors je vous le dis, à qui rendrait-il donc visite dans le coin, Notre-Seigneur ? achevait-elle en pleurant d'une narine, cependant que moman et tante Cydalise semblaient toutes honteuses d'avoir si mal mené leurs barques, jusqu'à présent, avec les hommes, qu'elles n'avaient même pas su trouver à se marier derrière la mairie.

Et Man Louise reprenait, en souriant de façon rassurante à tante Cydalise : Ne pleure pas, ma chère, non, pas pleurer Cydalise. Je sais bien qu'il faut tout ça, pour faire la vie tourner. Il y en a beaucoup de plus mal loties que nous. Avec la case et le jardin, je soutiens que notre vie est une vraie pluie de roses. Et puis vois-tu, le missel de ton béké, je sens qu'il nous portera chance. Seulement faut éviter que les enfants y touchent, seulement faut du respect, vous entendez, marmaille ? Ne vous amusez surtout pas à fourrer votre nez là-dedans ; pour fourrer son nez là-dedans, faut ça, faut ça, vous comprenez ? Et elle piquait sa tempe de l'index, du geste inimitable par lequel on renvoyait quelqu'un à sa place, à son rang.

C'est comme qui dirait le pommier du Seigneur, celui que le Diable a tenté de marronner, autrefois, quand il était archange, lui aussi. Et qu'est-ce qui arrive ? C'est que le Diable est devenu nègre. Congo. N'y touchez pas, mortels ; car les racines de cet arbre tuent !

Alors nous voyant effrayées, moman protestait doucement : Je ne dis pas le contraire, Man Louise ; mais il y en a qui en mangent des fruits de cet arbre, et ça ne leur fait pas grand mal, à ce qu'il semble.

Et tante Cydalise disait avec un air de feinte ironie, mais avec l'intention secrète d'appuyer le propos de moman : Ça les fait peut-être grossir ?

Et Man Louise jubilante, qui prenait un air faussement soupçonneux ; mais on voyait bien qu'elle était avide de poursuivre la conversation, de ne pas tuer la controverse dans l'œuf : à quoi bon s'inquiéter, puisqu'elle avait cet atout maître dans son jeu, cette parole définitive ? Elle pouvait batailler d'abord, jouer avec le feu, à condition que les propos demeurassent dans les limites du respect, qu'on ne touche ni à Dieu, ni aux blancs, qui guettaient tout cela du Ciel, enregistraient les paroles des uns et des autres, comptaient, additionnaient tout, et lui feraient payer la note à coups de bâton, au jour de sa mort. Et elle envoyait son hameçon, tranquille, mais avec ce tremblement de volupté inquiète dans la voix :

Et de qui donc veux-tu parler, Hortensia ? Ça ne serait pas des mulâtres de Saint-Pierre, par hasard ?

Et moman reprenait aussitôt : Pas forcément, pas forcément. Regardez Élitienne, par exemple : telle que vous la voyez, c'est une négresse à tête poivrée, non ? Mais depuis qu'elle est à la sacristie du morne Rouge, c'est elle qui a une tête, c'est elle qui est savante, c'est elle qui lit dans n'importe quel livre, à n'importe quelle page, et qui peut t'expliquer tout ce qu'elle a lu. Parlez-moi d'une telle personne, ah, parlez-moi d'elle, parlez-moi de cette négresse ; elle a dans son esprit toutes les colonnes des blancs, elle écrit aussi vite qu'un cheval galope, et la fumée, la fumée peut sortir de ses doigts. On ne va pas la vendre et la livrer sans qu'elle sache, et ce n'est pas cette femme-là qui te signera un papier sans savoir ni le pour, ni le quoi. Et tiens, puisqu'on parle de signer, dites-moi si vous connaissez une chose plus laide et plus honteuse : on vous demande de signer votre nom, vous mettez une croix. Vous ne savez pas écrire, *Méssié-zé-dames*, voilà une honte qu'il est difficile d'oublier, et à ces moments-là, la terre ne s'ouvre même pas pour vous sauver.

Et tante Cydalise de renchérir : Ah, cette Élitienne, depuis qu'elle connaît les lettres, il n'y a plus personne pour redire à ce qu'elle fait : sa tête lui appartient

Et tante Cydalise de secouer sa propre tête, avec modestie, la faisant légèrement ballotter, comme un crâne de bébé, pour manifester son vide et son insignifiance. Et Man Louise qui disait d'un air mystérieux : Plus tard, plus triste : la feuille ne pourrit pas le jour même où elle choit dans l'eau ; ne vous en faites pas, soyez tranquilles, ceux qui vont à l'école payante auront leur récompense. Dieu est comme monsieur de Saint-Valez : il oublie mais ne pardonne pas. Et je me suis laissé dire que certains mulâtres de Saint-Pierre ont la tête si lourde qu'ils doivent ployer le cou. Ça leur fait comme une bouillie, une vraie bouillie, derrière les yeux. C'est qu'ils s'attaquent à un esprit plus fort, et qu'arrive-t-il ? On les voit transformés en chiens, veaux, moutons, comme cette bande de mauvais larrons du morne Rouge, qui sont devenus troupeaux aboyant, meuglant, bêlant, en pleine campagne, à force de manigances. De mon temps, les blancs au moins savaient ce qui est bon pour le nègre et on vous crevait tout bonnement l'œil que vous aviez jeté sur un missel ; mais aujourd'hui, ce qui est bon pour le nègre, qui le sait ? achevait-elle d'un air interrogatif, afin de laisser une porte de sortie à moman qui se tâtait d'abord, disant, par exemple : Mariotte, va-t'en voir ce que fait le béké de tante Cydalise. Et je prenais mes jambes à mon cou, filais dehors, et selon les cas, je répondais : Il est à la ravine ; ou bien je répondais : Il pisse dans les cannes ; ou bien je répondais : Il cueille des mangues. Et tout le monde rassuré sur le sort du béké, moman respirait un grand coup, faisait *hon, hon*, à plusieurs reprises, pour marquer sa réflexion, puis disait à la cantonade, comme pour ne pas contredire directement Man Louise : *Méssiés-zé-dames*, je ne dis pas qu'il n'y a pas de mystère, et peut-être même faut-il une tête spéciale. Mais vous voyez aujourd'hui des garçons, et même des petites filles plus noires que Mariotte, eh bien, elles sont allées à l'école payante, et si une grande personne veut leur conter des mépris, c'est toujours l'ignorant qui ira sous la terre, c'est toujours lui qui perdra. Il ne pourra que se mettre la tête dans les deux jambes, si l'enfant de l'école payante lui lance : Moi au moins, je signe mon nom ; et vous que savez-vous ? vous ne savez même pas ba be bi bo bu, vous n'avez rien à dire.

Voilà, voilà la vérité, *Méssiés-zé-dames* : ceux qui savent s'arrêter, ceux qui n'en avalent pas plus grand que leur tête, ceux-là ne connaissent pas la folie. Et alors ce n'est pas de l'eau qu'ils ont dans le crâne, comme nous ; c'est du solide, de la pierre de taille, du bois, du fer. Prenez par exemple maître Haldor, la fois qu'il est monté de Saint-Pierre pour qu'on le porte au conseil municipal. Eh bien Milo lui a demandé – je l'ai entendu de mes propres oreilles, par saint Michel qui nous écoute, ce Milo-là a osé lui sortir : Dis-moi, maître Haldor, comment c'est dans ta tête, est-ce que tu sens ta cervelle te peser, est-ce vrai que l'intérieur de ta tête devient si lourd que tu doives ployer le cou ? Vrai, tu ne dois plus guère savoir où tu en es, avec tout ça, et quelquefois ça doit faire une belle bouillie, n'est-ce pas ? Alors cher maître, avec tout le respect que je te dois : arrête-toi, n'en apprends pas davantage, ne deviens pas fou. Vis longtemps, mon cher. Vis bien et vis longtemps, c'est tout ce qu'on te souhaite... C'est ça, c'est ça même que Milo a osé lui dire, à maître Haldor. Et savez-vous ce que maître Haldor lui a répondu ?

Et grand-mère, qui connaissait la réponse, mais voulait faire durer le plaisir, grand-mère de dire : Non, sincèrement, je ne vois pas. Et moman de triompher avec délicatesse : Maître Haldor lui a répondu : Milo, mon cher, plus tu en apprends, plus ta tête est légère. À condition, ça va de soi, que le Bon Dieu te l'ait taillée pour ça.

Et Man Louise de s'étonner, pour la centième fois : Légère ?

Et moman de préciser, pour la centième fois : Légère, c'est le mot.

Et puis de reprendre avec enthousiasme : Ah, parlez-moi de maître Haldor, parlez-moi de lui, il sait causer au moins. Même s'il est noir comme l'encre de poulpe et que sa tête est toute pointue, c'est un nègre noir à tête pointue qui sait causer. Le français chante dans sa bouche comme l'eau qui coule d'une rivière, et ça te berce l'oreille, et ça t'emplit le cœur. En vérité, je vous le dis, cet homme-là, c'est un vrai morceau de Monde. Ah, parlez-moi aussi d'un homme comme le vieux Bernus, oui, le vieux Bernus, avec sa jambe boiteuse et sa cahute cassée. Là-dedans, il a une bible qu'il ouvre page après page, et vous en lit tout un grand morceau. Et il continuerait bien à les tourner, ces pages, si l'on était capable d'en entendre davantage, si on ne lui demandait pas de s'arrêter, si on ne le suppliait pas. Il sait lire, lire, lire, le vieux Bernus, et selon moi nul éloge ne peut davantage parfumer un cœur humain. *Méssiés-zé-dames*, j'ai dit, honneur et respect pour lui.

Alors venait toujours le moment où grands et petits se sentaient laminés, comme écrasés sous un poids invisible. Man Louise elle-même ne pouvait masquer son désarroi. Pourtant, rien ne la menaçait sérieusement, il lui restait toujours ce dernier retranchement, cette parole définitive qui allait clôturer le débat, tout à l'heure. Mais en attendant il lui fallait reprendre ses esprits, et tante Cydalise venait à son secours, reprenant le témoignage de moman, le mettant en doute, lui trouvant quelque faille qu'elle élargissait pour donner à Man Louise le moyen de s'y introduire. Par exemple, si moman avait vanté le savoir du vieux Bernus, tante Cydalise émettait d'une voix sucrée :

– À propos du vieux Bernus, savez-vous ce qu'on raconte ?

– Non, disait faiblement Man Louise.

– Eh bien voilà, paraît-il qu'il ne saurait pas plus lire qu'une moule. C'est arrivé quand il travaillait en Guyane, à Déméara ; il aurait demandé là-bas à un bagnard des rues de lui lire les mêmes passages, toujours les mêmes passages, jusqu'à les savoir par cœur. Et c'est pourquoi, quand tu lui demandes un verset, il te le lit ; mais en réalité il fait semblant, pour la réputation. Voilà.

Et Man Louise disait : Tout de même, tout de même, laissant entendre que le fait de savoir tant de choses par cœur méritait la considération due au rang de Bernus. Et elle répétait encore : Tout de même, tout de même, et l'on voyait qu'elle avait beaucoup de chagrin, à tout ce qu'elle venait d'entendre, bien qu'elle ait elle-même provoqué la controverse, et l'ait entretenue avec délectation. Elle semblait rêver, assise sur le petit banc au pied de sa berceuse, cependant que ses narines frémissaient, comme pour retenir, en vain, la goutte attristée qui lui venait dans ces moments-là. Et puis elle lâchait doucement, avec candeur, un vieux proverbe mélancolique : Quand on est déjà malheureux, la tristesse est superflue. Et tout soudain ragaillardie, elle y allait d'un gros soupir, joignait les mains tout contre sa poitrine, et murmurait, en souriant : Dieu est grand. Et tout le monde accompagnait son sourire, car on voyait qu'elle remontait la pente, qu'elle s'apprêtait à sa parole définitive. Mariotte, disait-elle alors, apporte-moi un coup de sec, ma fille, si tu as pitié de moi. Et quand je lui tendais le rhum, avec la révérence, comme il se doit, elle avait alors une parole douce pour moi, me disant de ne pas trembler, comme ça, devant tout le monde et devant elle ; surtout devant elle, qui ne méritait pas un tremblement, qui ne le méritait pas, non, même de la part d'une petite fille qu'on appelle la Honteuse. Et puis elle avalait son verre, faisait claquer ses joues, et ramenait les bretelles de sa robe d'intérieur pour cacher la marque au fer de son sein. Et plus tard, nous retrouvant prostrées dans la case, sans voix, sans forces, le marin de tante Cydalise s'écriait, avec de grands éclats de voix qui nous tiraient douloureusement de notre léthargie : Ah vraiment, vous êtes marrants, vous autres, marrants, marrants, marrants.

*

* *

En ce temps-là, quoique n'en parlant à personne, je croyais obscurément que le sang des blancs est blanc. J'en avais eu la confirmation une fois que le coq du marin – sur une fausse manœuvre de tante Cydalise – s'était mis à cracher un sang blanc.

Un samedi que le marin était arrivé inopinément, il se trouva que tante Cydalise était absente et que moman était seule à le recevoir avec grand-mère et sa marmaille. Il était un peu rouge, comme ivre, et paraissait très contrarié de l'absence de sa partenaire. Sans même nous regarder, il se mit à arpenter la pièce principale, le visage fermé, comme offensé, et au lieu de s'en aller, ou plutôt d'attendre tante Cydalise, il se mit à lutiner moman, à lui pinçoter le bout du sein à travers son corsage. Décontenancée à l'extrême, toute grise de honte, moman se mit à tousser, à rire des dents, et elle lui dit : Allons, allons, soyez sérieux, je le dirai à Cydalise, reprenez-vous, *missié-la*... Mais il l'entraînait, la halait vers la petite porte et l'on voyait déjà le moment où elle allait se laisser emporter par la vague, non consentante, incapable de se révolter contre l'autorité de cet homme. J'ai vu sa tête se renverser et ses paupières se fermer, et c'est là que je me suis précipitée pour mordre la main du marin, de toutes mes dents, et je n'ai pas lâché qu'il ne m'ait expédiée à plusieurs mètres. Souriant, vaguement gêné, il regardait les uns et les autres d'un air de dire : Vous voyez, vous voyez ce qui arrive quand on plaisante trop vif. Et il ne semblait même pas m'en vouloir, le drôle. Enchanté de ma réaction, il ne pouvait s'empêcher de rire en montrant les marques de sa main. Mais grand-mère se mit à me haïr comme si j'avais croqué l'hostie, mordu la main de Dieu en personne, et non pas celle du marin. Tassée contre la cloison, moman se taisait. Le marin dit encore : C'est la vie, et Man Louise a repris : C'est la vie, c'est la vie, et finalement moman elle-même s'y est mise, afin de porter l'incident au compte de la vie et non pas à celui des personnes présentes. Et moi je contemplais avec stupéfaction les gouttes de sang sur la main du marin. Je distinguais, entendais tout sans y prêter attention, fascinée par la révélation du sang rouge qui était en même temps comme une révélation de moi-même.

Mais personne ne voulait s'apercevoir de ma présence, et j'ai compris que ça ne serait jamais plus comme avant, et que l'on m'avait désormais placée au rang de diable. Il y avait un feu à l'intérieur de mon crâne et je ne pouvais pas rester, comme ça, à rien faire, il fallait que je leur prouve que je n'étais pas une étrangère, et je mettrais toute ma vie pour le prouver, s'il fallait.

Alors je décidai d'aller chercher de l'eau à la fontaine. Mais après avoir avisé la petite jarre de terre cuite dont j'avais l'habitude, j'ai jeté mon dévolu sur le grand seau réservé à moman et à tante Cydalise. À cent mètres de notre maison, le sentier contournait la case de madame Tété, et là, appuyé à la clôture, Raymoninque me regardait avancer, les bras croisés sur sa poitrine, comme s'il m'attendait. Son porc était vautré dans une ornière profonde, boueuse, et semblait lui aussi m'attendre. Je le savais bien, que c'était un de mes présumés pères, mais je n'avais jamais sérieusement envisagé la chose. Lui-même ne s'en était guère inquiété jusqu'alors. Une fois, il avait posé sa main sur ma joue, et puis s'était contenté de dire : Le sang du Bon Dieu coule comme la rivière Capote ; il saute une rivière, enfile un pré, entre on ne sait comment dans les veines d'une petite fille. Il y avait aussi la provision qu'il déposait, de temps en temps, sur la véranda. Mais c'était plutôt pour moman que pour moi, c'était pour son Hortensia, qu'il n'avait pu obtenir à cause du reproche de Man Louise. Mais moi, pour lui, je n'étais qu'une étrangère, un peu de joui qu'il avait déposé dans le ventre d'Hortensia ; une étrangère, comme j'étais devenue pour Man Louise et les autres. L'intérieur de mon crâne était une seule flamme. Je m'étais figée. De mes deux bras ramenés en anse, j'ai assujetti le seau sur ma tête, et j'ai repris ma marche, sans regarder ni porc, ni homme. Mais Raymoninque s'est mis en travers de mon chemin et, sur le ton sarcastique, dédaigneux, empreint de mélancolie qui était le sien, il m'a dit : Alors comme ça, j'apprends que la Mariotte s'est mise à la viande des blancs ?

Je ne savais quoi penser de cette algarade, venant de lui qui s'était réfugié au morne Pichevin après avoir taillé la viande à un contremaître lors de la grève de l'usine Guérin. Et sans le regarder, j'ai lâché : On dit qu'un jour, la casserole brûlée a dit à la chaudière boucanée que ses fesses étaient noires. Je m'attendais à tout de lui pour me faire payer cette insolence. Mais au lieu de quoi, je me suis sentie prise par la taille et lancée en l'air, et rattrapée, et relancée, virant sur moi, voltigeant, planant comme un cerf-volant tandis que les rires de Raymoninque roulaient par en dessous comme des coups de tonnerre.

Il me posa délicatement par terre et attrapa mon seau d'une main, mon poignet de l'autre, et suivis du cochon-planche nous longeâmes le hameau ; et j'étais fière, paisible, et emplie de cette vie qui passait de la main de Raymoninque à mon poignet, et je me sentais une petite fille comme les autres, marchant aux côtés de l'homme qui l'avait fait jaillir de ses graines. On me portait mon seau, on me donnait la main, et c'était comme si une compresse humide était posée sur mon front brûlant.

Le seau rempli, Raymoninque prit l'anse avec légèreté, comme tout à l'heure, quand il était vide, et de l'autre il me saisit la main, de nouveau, et il dit : Enfant Mariotte, on dirait que ta main se fait à la mienne. Et puis je m'entendis répondre, sur le même ton sentencieux, qui était le sien, à cet instant-là : On le dirait bien, c'est ça même qu'on dirait, monsieur Raymoninque. Et puis nous arrivâmes en vue de la case à moman, et l'homme s'immobilisa, posa le seau à terre, précautionneusement, sans faire tomber une seule goutte. Et ce diable d'homme se pencha jusqu'à moi, pour saisir ma main droite qu'il serra dans la sienne, un instant. C'était si étrange que ma langue partit toute seule, pour la dernière fois, en ce jour où mon ancien univers se défaisait : Monsieur Raymoninque, mais qu'est-ce que vous avez donc, aujourd'hui, à me faire comme si j'étais la reine aux longs seins ?

8

De longs mois s'écoulèrent sur les yeux de Mariotte, des jours qui ne se ressemblaient pas, des heures sans nom. Elle allait maintenant bourgeonnant de tout son corps, aussi verte et frêle qu'une mangue-demoiselle au bout de sa tige. Elle tressait ses cheveux en mille-pattes qui entouraient son crâne en couronne et le port de sa courte camisole jaune lui avait laissé une démarche singulière, à la fois raide et chantournée, et somme toute bien plaisante. Des traînées de sel fin ornaient la tête de Man Louise, et elle se tassait sous un invisible fardeau, au fond de sa berceuse bardée de médailles saintes. Le court tuyau de sa pipe fumait en permanence sous ses narines, accroché comme un hameçon à ses lèvres. Chaque vendredi, elle s'en débarrassait pour asperger la pièce d'eau bénite, et s'agenouiller devant son crucifix, afin de baiser les plaies béantes du Seigneur.

Les visites avaient lieu le soir, lorsque Mariotte s'était libérée des tâches de la journée. Nul ne s'y opposait plus, sa qualité de fille perdue venue sur la terre par erreur était désormais reconnue de tous, et Man Louise elle-même la regardait partir d'un œil froid, se contentant de dire : Va donc, va, va, puisque l'enfer n'est jamais rassasié. Il y a des humains qui opèrent au nom du Diable, ils vous conduisent aux portes de la Géhenne et les ouvrent pour vous voir brûler, en ricanant sur vous, votre crédulité et votre perte. Là-dessus Mariotte descendait les trois marches de la véranda, et se retrouvait à travers un dédale de traces solitaires qui conduisaient à la case de Raymoninque, dans les hauts, de l'autre côté de son univers, lui semblait-il. C'était une boîte sans fenêtres, avec une seule ouverture dépourvue de sa porte. Mariotte détachait le fil rouge tendu en travers de l'entrée, et puis elle pénétrait à l'intérieur, le cœur battant.

Quand elle avait tout balayé, nettoyé, remis en ordre, quand la pitance du porc fumait au-dehors, dans la demi-baille en fer-blanc, et que la nourriture des humains mijotait dans le poêlon de terre, sur les trois roches du foyer, Mariotte s'asseyait non loin de la flamme et guettait en frissonnant le retour de Raymoninque. Du côté de Saint-Pierre, les terres nageaient maintenant dans l'ombre, confondues avec le bord sinueux de la mer, et, sur les hauteurs de la montagne Pelée, des feux planant dans le ciel semblaient éclairer les pentes rocheuses de l'intérieur. Alors une lumière surnaturelle tombait sur toutes choses, et c'étaient les âmes errantes qui descendaient, les esprits des morts, enhardis par le crépuscule, qui venaient chercher une consolation auprès de Raymoninque. Et Mariotte se rapprochait du foyer, elle haletait doucement, et toutes sortes de pensées étranges lui venaient, concernant les esprits des morts et ceux des vivants, et les esprits des bêtes qui hurlaient au loin, et ceux des oiseaux, des insectes ambiants, des papillons de nuit aux ailes duveteuses et pailletées. Et c'est ainsi que la trouvait Raymoninque, lorsqu'il revenait de la buvette de Dame Henriette. Et découvrant le nègre au-dessus d'elle, elle papillotait des paupières, surprise de la taille gigantesque des humains et de leur air d'immortalité. Et l'homme la saluait d'un *hem hem* rauque, profond, et Mariotte s'efforçait vainement de tirer de sa gorge un son équivalent, cependant qu'elle se disait à elle-même, souriante : *Hem hem* n'est pas une parole chrétienne, ce n'est pas une parole, ce n'est pas. Et puis le repas du porc commençait, et ensuite c'était au tour des humains, assis sur de grosses maman-roches, l'écuelle sur leurs genoux, silencieux. Et de temps en temps, Raymoninque poussait un soupir, et il s'arrêtait brusquement de manger, et il se mettait à parler tout seul, à son corps, à la nuit, aux invisibles, comme si Mariotte n'était pas présente. Ses paroles chutaient en avalanches de pierres crissantes, acérées, qui vous entamaient de partout. Il répondait ainsi aux propos qui s'étaient tenus au crépuscule, dans la buvette de Dame Henriette. Ah, disait-il, le nègre n'est pas bon pour le nègre, il n'est pas bon pour le nègre, non, il n'est pas. Et il hurlait : Chiens liés sont à battre, à battre je vous dis. Et l'homme sautait sur ses jambes, et se mettait à arpenter l'espace vide autour du feu, élevant et abaissant son sabre d'abattis, sans arrêt, comme s'il voulait hacher tout ce qui l'entourait, et peut-être ce qui était hors d'atteinte de son sabre, et peut-être même ce qui se trouvait hors d'atteinte de ses petits yeux d'agouti rageur qui fouillaient sauvagement le soir, les terres lointaines, les traînées de lumière verte suspendues dans le ciel. Et puis il s'arrêtait de marcher, baissait la voix, et, tous les os fléchis, se mettait à chuchoter à l'oreille de Mariotte une histoire folle, ahurissante, invraisemblable, qui s'était déroulée du temps où le Diable courait encore en barboteuse dans le monde. Il la tenait d'un dénommé

Bernus, qui prétendait pouvoir décrypter la Bible comme s'il avalait un verre de rhum. C'était l'histoire du nègre Moïse, le plus fabuleux magicien de tous les temps, car il avait réussi, lui. Il avait réussi à faire s'enfuir tous ces esclaves qui peinaient sous le joug de leurs maîtres. Oui, il avait fait ça, lui. Il avait fait s'enfuir son peuple de sa terre de servitude. Mais après, il s'était senti seul, dépité, car il n'avait rien pu faire de plus. Sa voix devenait alors à peine audible, et c'était comme s'il priait et suppliait dans un sous-bois. Somme toute, lâchait-il, essoufflé, ce grand magicien-là avait à la fois réussi et échoué ; car si les dons se reçoivent, de même ils se perdent... comme l'eau dans le sable. Ouvre bien ta petite cervelle, demoiselle, et retiens ceci : la seule magie à perdurer est celle des blancs, l'alphabet, les petites lettres... c'est ça la vraie magie... Va, vole-la-leur. Chaque fois, à cet instant précis, un brouillard rouge descendait devant les yeux de Mariotte et elle se croyait à l'intérieur d'un songe, mais fort curieusement, elle éprouvait dans le même temps son corps avec une intensité jamais ressentie jusqu'alors. Elle éprouvait son corps comme étant le sien, qu'elle était bien à sa place sur la terre, que Dieu l'avait choisie tout spécialement pour être Mariotte, Marie Solite, Mariotte, une petite négresse si noire que bleue, avec un derrière scandaleux qui offusquait les cieux. Raymoninque reprenait le cours de ses pensées, et dans un navrement d'inconsolé, il concluait : Et à supposer qu'il se trouvât un jour un nègre de par ici qui soit à cette hauteur... où est-ce qu'il pourrait emmener les siens... la mer ne se repliera pas deux fois : elle nous noierait... Sans compter que rien n'était sûr, dans cette histoire de marronnage, et certains affirmaient même qu'il ne s'agissait pas de nègres mais de blancs... Alors, que faire, que faire ? questionnait-il douloureusement, scrutant l'air ambiant. Et comme il ne recevait jamais la réponse qu'il attendait, celle qui apaiserait son cœur pour l'éternité, peut-être, il secouait la tête en tous sens, avec rage, et Mariotte craignait de le voir se précipiter contre un arbre, pour faire éclater son pauvre front de nègre égaré sur la terre des Amériques, de nègre sans feu, sans femme et sans maman. Alors Mariotte se levait toute tremblante, elle s'avançait et mettait ses mains dans celles de Raymoninque, qui frissonnait tout à coup, comme s'il avait froid, et puis la regardait d'un air surpris, la reconnaissait lentement, se taisait, ne disait plus rien, de sorte que tous deux restaient longtemps ainsi et c'était bon. Et une sorte de douceur se posait sur les traits de Raymoninque, et, en dépit de ses cheveux blancs, de son front bosselé, de ses joues creuses, elle lui donnait bizarrement un air de jeunesse, une expression butée et douce d'enfant perdu. Et l'homme disait alors : Demoiselle, je ne parlais pas pour Man Louise, tout à l'heure, et je compte bien sur toi pour ne pas la dérespecter, même au fond de ton cœur vivant car souviens-toi : Man Louise est une femme que les blancs ont coupée en deux, exactement en deux morceaux, comme ils ont coupé son nom, ouape. Et chaque fois, ces paroles, accompagnées d'un long coup de sabre vertical qui semblait trancher une personne de la tête aux pieds, faisaient longuement tressaillir Mariotte. Et elle n'arrivait pas à se défaire de cette image de Man Louise tranchée en deux, comme un cabri. Et quand elle se trouvait devant la vieille femme, elle n'osait plus la regarder, elle détournait la tête avec honte, avec gêne, et c'était comme si elle voyait se dresser devant elle une moitié de personne humaine, un seul côté avec seulement un œil, un bras, une jambe, cependant que l'autre quartier offrait une coupe longitudinale d'entrailles et de sang.

Leur repas achevé, Mariotte se rinçait la bouche avec un peu d'eau et Raymoninque prenait un doigt de rhum sec, non sans, au préalable, avoir versé quelques gouttes à terre à l'intention des morts. Et certains soirs les morts ne touchaient pas à son rhum, mais d'autres fois ils lui faisaient honneur, et Mariotte s'en apercevait aussitôt, rien qu'à voir les yeux soudain fixes de Raymoninque, et sa lèvre qui tressautait lentement, en réponse aux paroles que lui adressaient les défunts. Il avait appris ce langage d'un vieux sorcier qu'on disait immortel et qui lui avait transmis ce don : voir les morts, parler avec eux, réconforter les âmes errantes de ses amis, qui venaient lui rendre visite, ainsi, le soir, lorsqu'ils étaient las de vagabonder et voulaient qu'un vivant se souvienne, leur parle, leur donne un peu de sa chaleur. Mariotte n'aimait guère les visites des morts, car Raymoninque était extrêmement lié à certains d'eux, autant que s'ils avaient été vivants. Elle était surtout jalouse d'un vieux nègre nommé Pedro, un homme que Raymoninque avait connu dans les temps anciens, quand il marronnait dans les bois du Marigot. Lorsqu'il recevait la visite du dénommé Pedro, Raymoninque ne se souvenait plus qu'il parlait à un mort, et il prononçait les mots à voix haute, buvait rhum sur rhum, se laissait même aller à une chanson des temps anciens. Mais le nègre Pedro ne restait jamais bien longtemps, et, après son départ, Raymoninque tombait dans un grand silence et l'enfant regardait le ciel, la montagne, les petites lumières de Saint-Pierre en bas, et, à force de regarder, elle retrouvait le lien qui l'unissait à Raymoninque. La plupart du temps, les morts étaient des personnes qu'il avait bien connues, et Mariotte le savait rien qu'à voir cette expression familière sur ses traits, soudain délassés, son maintien tranquille, comme lorsqu'on reçoit un vieil ami. Mais il arrivait aussi que des présences inconnues se manifestent, et Raymoninque se penchait en avant, fouillait la nuit, leur posait question sur question, et n'avait de cesse qu'ils ne lui donnent leurs noms, qu'ils ne lui disent leur vie, leur mort, la façon dont ils avaient mené leur combat, tout en sachant que Dieu est le plus fort sur la terre comme au ciel. Une fois, il avait cru voir l'âme de la femme Solitude de Guadeloupe, mais elle s'était presque aussitôt esquivée et Raymoninque était resté longtemps à l'appeler dans la nuit : Chère femme, chère femme, as-tu la paix ?

Il savait quantité d'histoires secrètes concernant la femme Solitude de Guadeloupe. Il parlait par exemple d'une dénommée Bayangumay, qui était la mère de Solitude, et que cette femme d'eau salée était de race niola ou diola. Parfois, il s'arrêtait et regardait Mariotte avec suspicion et lui disait : Veux-tu que je continue ? Et Mariotte sentait ses cheveux se dresser sur sa tête et elle restait assise sur sa pierre le visage fermé, le cœur plein de crainte et de jalousie jusqu'à ce que vienne l'heure de rentrer à la case de Man Louise. Mais la plupart du temps, Mariotte avalait son cœur et elle le questionnait inlassablement sur les manières de cette bisaïeule dont personne ne lui parlait dans la case. Un soir, comme il racontait une nouvelle fois la mort de la femme Solitude et ses paroles auprès de la fontaine – qu'il ne faut jamais dire : Fontaine je ne boirai plus de ton eau, mais moi je le dis –, subitement Mariotte s'aperçut que des larmes abondantes s'écoulaient de ses yeux. Et elle en fut étonnée, étonnée, heureuse. C'était une joie déchirante, comme si de la fifine de pluie tombait sur son visage. Et elle entendit vaguement la voix inquiète de Raymoninque et soulevant vers lui une face souriante sous les larmes elle dit : Fontaine, fontaine, je ne boirai plus de ton eau ? Et Raymoninque se grattait le crâne, tout surpris, et Mariotte était encore plus surprise, car elle ne croyait pas qu'on pût ressentir sur la terre une aussi grande souffrance et une aussi grande joie. Et elle répétait avec un air d'excuse, comme pour se justifier de ce sourire et de ces larmes : Fontaine, fontaine... ?

Dans les semaines qui suivirent, Raymoninque se prêta avec une grande patience aux questions qu'elle lui posait. Mais les réponses de l'homme étaient toujours les mêmes et c'est à peine si de temps à autre elle arrivait à lui arracher un nouveau détail concernant la façon dont elle se tenait dans la vie, dont elle vous regardait, dont elle riait. Elle faisait maintenant toutes les nuits le même songe : Raymoninque était debout au sommet d'une colline, regardant l'autre versant, et elle ne pouvait s'approcher et lui demandait : Que vois-tu, Raymoninque ? Et il disait qu'il voyait présentement la femme Solitude de Guadeloupe. Et que fait-elle, Raymoninque ? Et il disait qu'elle montait à la rencontre des marrons de Goyave pour endosser sa destinée, ou qu'elle traversait la foule qui s'était massée le long des entrepôts de Basse-Terre pour la regarder mourir. Et il accompagnait sa relation des gestes qui étaient ceux de la femme Solitude. Mais chose étrange, en dépit de tous les détails que lui donnait Raymoninque sur ses cheveux de soie qui cascadaient en vaguelettes sur ses épaules, sa peau d'ambre fissurée, et ses yeux uniques, chacun de couleur différente : lavande, myosotis, le visage de la femme Solitude demeurait dans l'ombre, et plus elle s'approchait plus le visage s'éloignait. Une nuit, cependant, comme Raymoninque était debout sur le morne et regardait de l'autre côté, il dit que la femme Solitude était en train de rire et qu'elle avait un vrai rire de négresse. Et chose étrange, bien que ce fût en rêve, Mariotte eut aussitôt l'impression de voir se dessiner le visage de la femme Solitude, bien que ses traits demeurassent dans l'ombre, derrière son rire. Et cette impression dura le lendemain, au réveil. Et quand elle revit Raymoninque, le soir, auprès du feu, elle lui demanda s'il était vrai que la femme Solitude avait un rire de négresse. Et Raymoninque la regarda longuement et lui dit avec tristesse : Mais ne te l'avais-je pas dit ? Et elle en fut toute surprise, car il lui semblait que Raymoninque lui avait seulement dit cela en rêve. Et un autre fait curieux se produisit durant cette soirée. Comme elle se tenait devant Raymoninque, ouvrant très grand ses yeux afin de saisir toutes ses expressions, afin de capter tout ce qui passait sur son visage, quand il se tenait là-haut, sur le morne, et lui disait ce qu'il voyait sur l'autre versant, tout à coup Raymoninque baissa une main devant les yeux de Mariotte, d'un geste vif et tranchant, comme pour ramener une personne qui rêve éveillée, et il dit sur un ton singulier : C'est moi, moi, moi, Raymoninque. Et il se tut ce soir-là, et en dépit de tous ses efforts, Mariotte ne put rien lui faire dire qui se rapportât à la femme Solitude. Il restait assis sur sa pierre, regardant dans le feu, et à toute son attitude elle voyait qu'il était devenu soudain aussi indifférent aux morts qu'aux vivants. Et de temps en temps il se saisissait de son rhum, il en prenait une grande goulée en disant : ah, ah, comme une personne blessée qui gémit sur sa couche. Tout à coup, il se redressa d'un air furieux, hagard, et il cria à Mariotte de disparaître de sa vue. Et comme elle ne bougeait pas, le regardait sans comprendre, il se mit lui-même à s'éloigner en direction de sa case, à reculons, et en lui criant toutes sortes de choses étranges, sur cette lutte impossible, cette gloire perdue du Matouba en Guadeloupe, et qui n'était, somme toute, qu'un simple avatar du sucre.

Maintenant elle voyait sa silhouette se découper contre l'ombre de la case, et il tenait son sabre au-dessus de sa tête et l'agitait avec fureur, tout en hurlant : Folle, folle, va-t'en, ôte-toi de ma vue à tout jamais. Et comme elle ne bougeait toujours pas, il se baissa et lui jeta des cailloux ; et alors seulement Mariotte se mit à courir, de toutes ses forces, dans la nuit.

*

* *

À présent, les gens n'osaient même pas le regarder, par crainte de ce qui le poursuivait, de cette dette de nègre qu'il payait comptant.

Mariotte elle-même n'osait plus s'approcher de sa personne, car il lui jetait des pierres dès qu'il l'apercevait autour de sa case, ou bien dans cette clairière au fond des bois où elle allait parfois l'observer de loin. Elle était restée longtemps sans le revoir, car le souvenir de ses paroles lui suffisait pour rêver à la femme Solitude de Guadeloupe. Elle allait dans un endroit écarté, et elle se remémorait les paroles de Raymoninque, et à un moment donné c'était comme si Raymoninque était au-dessus de la colline et lui disait ce qu'il voyait de l'autre versant, et elle se réjouissait en son cœur, et elle versait des larmes à la pensée de cette femme qui n'avait pas craint de se mettre du côté du Diable, tout en sachant qu'elle serait finalement vaincue comme lui. Et dans ces moments ce n'était plus elle, mais la femme Solitude qui vivait en elle.

Et puis les paroles de Raymoninque s'étaient usées, une à une, et elle avait décidé de se mettre directement en contact avec la morte, afin que celle-ci vienne prendre possession de son corps, vienne l'habiter, la visiter au moins, comme faisaient les amis de Raymoninque. Et elle avait dit : Je renie mon baptême, je m'attache à Satan pour toujours. Mais elle n'avait rien senti, et elle avait compris que ce n'est pas si facile de se confier au Diable, qu'il y fallait une force qu'elle n'avait pas. Et alors elle avait commencé à revenir à Raymoninque, en dépit de la peur intense qu'elle en avait maintenant. Et dès qu'il la voyait l'homme entrait en rage et la traitait aux cailloux. Alors elle prenait maintenant des précautions, elle se glissait doucement dans les bois, jusqu'à la clairière où il se tenait durant le jour. Et au fur et à mesure qu'elle approchait, elle l'entendait qui ruminait, qui se parlait tout seul, ou bien qui chantait d'une voix rauque de rhumier cette chanson :

Couteaux coupez
Ciseaux ouvrez-vous
Pour votre malheur
Je ne suis pas un poisson
Qui se laissera hacher

Et parfois, à la faveur d'une éclaircie, elle arrivait à le distinguer, et elle s'étonnait de ce corps de vieillard tout en os, et elle restait longuement à le contempler, jusqu'à ce qu'au travers de sa silhouette dans la clairière réapparaisse l'image radieuse de la femme Solitude de Guadeloupe.

Longtemps Mariotte continua son pèlerinage à la clairière, longtemps après que Raymoninque eut été débusqué par la loi et conduit à la prison de Saint-Pierre où il attendait son transfert pour Paris. Debout, face au vide, elle regardait cette clairière nue, saisie d'un indicible effroi, et quand il ne resta plus rien devant ses yeux, sinon une prise de poussière soulevée par le vent, elle posa son front contre une roche et commença à le frapper en cadence, comme avait fait Raymoninque lors de son combat avec l'arbre. Mais il n'y avait nulle idée de combat en elle, il y avait seulement le désir obscur de faire éclater sa tête comme une noix, et peut-être avec sa tête de faire éclater tout le reste, tout ce qui avait été, tout ce qui était aujourd'hui, tout ce qui arriverait plus tard à toutes les personnes du morne Pichevin, à toutes sans exception, à toutes, à toutes, à toutes...

Extrait du Journal de Marie

J'ai toujours été fascinée par l'histoire des éphémères. Il n'y en a pas dans notre île, mais j'ai appris leur existence à l'école, l'une des trois fois où j'y suis allée, par curiosité, et aussi parce que j'avais pu emprunter les chaussures d'une fille qui faisait l'école buissonnière. Je ne comprenais rien de ce que disait l'instituteur, car il parlait en français de France, la langue de la haute, et surtout celle des békés-France. Mais il a dit quelque chose dans une dictée, et comme de temps en temps, pour se faire comprendre de cette deuxième génération d'enfants d'esclaves, il expliquait en créole le sens de mots français, il nous a dit que les éphémères étaient des moustiques qui ne vivent qu'une journée, vingt-quatre heures exactement, a-t-il précisé. Mais ce soir-là, j'ai pleuré sur les éphémères. Par la suite, pour me consoler, je me disais qu'ils devaient être magnifiques, plus somptueux que les colibris, avec des ailes de moire arc-en-ciel, et des antennes aériennes translucides, susceptibles comme des pétales de rose. J'imaginais qu'ils naissaient à minuit, exactement, comme l'Enfant Jésus, et qu'ils devenaient des hommes vers quatre heures de l'après-midi, et quand je pensais à eux le soir, je les voyais pareils aux petits vieux autour de moi, rabougris, avec des gestes tremblants de leurs ailes, et je riais malgré moi des vieux éphémères, et de moi-même, toute surprise de trouver cette masse de chair noire et décrépite, dans le lit de l'hospice, au lieu de la peau ambrée et des délicates attaches de la Mulâtresse Solitude. C'est qu'il m'en avait tant dit, Raymoninque, il savait tant de choses piquantes à son sujet, et on en avait tant brassé, sur le parcours de sa vie, qu'elle en était devenue plus réelle que ma propre personne, plus réelle que les divagants du morne Pichevin. Là-haut, dans ces bois, j'avais largué les amarres et je m'étais posée sur les épaules de Raymoninque comme l'oiseau sur le dos du lion, à la fois craintive et rassurée, nourrie, abreuvée, rassasiée. Depuis son arrestation je me traînais, affalée comme un sac vide, ne sachant plus ni marcher, ni voler. Alors, me voyant sans protection, grand-mère avait recommencé à me traiter comme autrefois. Elle me faisait signe d'approcher, et je me tenais toute droite sous ses coups de canne, détournant la tête, gênée, honteuse à cause du spectacle ridicule et sanglant d'une moitié de vieille femme. Mais un soir, comme elle s'apprêtait à soulever sa canne sur mon corps vivant, je saisis un couteau posé sur la table, et le dressant en l'air je lui criai d'une voix perçante : Non, non, je ne me laisserai pas battre par une femme coupée en deux, une femme coupée en deux, une femme coupée en deux. Et tout le monde se tut dans la case. Et Man Louise s'immobilisa, et des larmes se mirent à couler de ses joues au lieu de couler par ses narines, comme elles faisaient d'ordinaire. Et je ressentis une déchirure au plus profond de mes entrailles, et c'était comme si je venais de me donner un coup avec l'arme dont je menaçais Man Louise. Et cette nuit, je vis en rêve des coqs qui se battaient dans l'enceinte d'un pitt. Et soudain, ce fut comme si j'étais un coq, puis l'autre, tantôt, tantôt... ainsi jusqu'à l'aube, dans un combat mortel.

Il fallait à tout prix rompre le sortilège attaché à la case, et dès le lendemain je m'enfuyais par le sentier, en direction de Saint-Pierre, où j'atterris au presbytère du père Camoïens, affolée, craintive, en vagabondage. Ah, quel souvenir dérisoire, et pourtant charmant, toute cette longue année à servir le père Camoïens, du matin au soir, pour m'approprier l'alphabet à la faveur du catéchisme. Et plus je les apprenais, ces petits signes si mystérieux, si angoissants, plus j'étais intriguée par la couverture lisse et noire du livre du marin, celui-là même dont j'avais mordu la main. L'homme avait disparu dès que tante Cydalise avait annoncé sa grossesse. Nous ne le vîmes plus. C'est alors que réapparut la merveille que cet homme avait oubliée dans notre petit univers. Tante Cydalise l'avait clouée à la cloison. Clouée, d'ailleurs, ça n'était pas le mot, car elle avait commencé par revêtir la relique d'une ganse de lianes, finement tressées, à la mode caraïbe, et c'est dans les nœuds de lianes qu'elle avait enfoncé les clous qui reliaient le missel à la paroi de bois. Au premier clou, elle avait accroché une médaille de la Vierge ; au second clou, un boisseau d'herbes à Corpus Christi, pour honorer de leur odeur miraculeuse et poivrée les esprits qu'on croyait couchés entre les pages, comme de jeunes morts couchés dans une tombe, qui se dresseraient à la première incantation d'une personne qui sait, qui connaît, qui a ce pouvoir-là ; au troisième clou, sur les conseils du sorcier, elle avait suspendu son lourd grigri à rein, en peau de bouc, encore tout imprégné de sa sueur ; et au quatrième un bouquet de fleur ilang-ilang, en offrande au marin de son cœur. C'était un saint-sacrement, qui avait conservé le souvenir du météore qui nous l'avait légué. Et c'est très respectueusement que je l'avais sorti de sa gaine, après l'avoir aspergé d'eau bénite que Man Louise gardait dans une bouteille sous son lit, pour chasser les mauvais esprits. Et si j'en avais lentement déchiffré les gros titres, tout étonnée parfois de trouver un sens profane au papier imprimé, c'était moins par esprit de lucre que pour me confirmer le caractère vénérable du texte. Un jour, tante Cydalise me surprit le nez dedans. Puisque le mal était fait, elle voulut savoir, elle me questionna. Malheureusement, le livre n'était qu'un simple manuel d'infanterie de marine, augmenté d'une courte description des principales maladies vénériennes et conseils y afférents. J'avais commis sans le savoir un double crime. Tout d'abord, par le simple fait de désenlacer la relique, pour la manier de mes mains pécheresses ; et puis en faisant parler les esprits, qui s'avéraient d'une catégorie somme toute inférieure. Tante Cydalise était touchée au plus profond, et elle se persuada que j'avais voulu nuire à sa réputation. Il est vrai, cette bible était son seul bien sur la terre, en dehors de ses trois bâtards, et des chaussures à talons dorés qu'elle portait avec mille douleurs une fois l'an, à la messe des Rameaux. Mais je la comprenais d'autant moins qu'à mes yeux, le livre avait conservé toute sa vertu de papier imprimé. Tante Cydalise m'accusa d'avoir convoqué sur notre toit toutes les mauvaisetés qui traînaient dans l'air. Et je ne sais si c'était en relation avec mon geste, mais dans les mois qui suivirent, elle dit qu'elle se sentait dans un drôle d'état, qu'un esprit errant et tourmenteur lui avait été envoyé ; peut-être par ce marin mort depuis, et mécontent du sort réservé à son missel ; et qu'il se plaisait à déplacer toutes choses de sorte qu'elle ne retrouvait jamais ses affaires là où elle les avait mises. Quand la tôle craquait, elle faisait un grand signe de croix pour chasser l'esprit du mort qui tentait de pénétrer dans la maison. Elle se plaignait qu'il découvrait sa marmite afin de voir ce qu'elle cuisait, et la nuit, elle l'entendait qui se balançait dans la berceuse de Man Louise. On fut obligé de prendre un chien pour l'éloigner, et chaque fois que l'animal aboyait, montrant par là qu'il voyait l'esprit, elle jetait de l'eau bénite sur le pas de la porte et fermait toutes les issues de la case. Les enfants se battaient entre eux, les poules mouraient, un sou n'arrivait pas à lui rester, on avait percé sa main, tout son argent devait filer, n'importe comment, et dès qu'elle commençait à économiser, quelque imprévu survenait toujours pour la démunir.

Jamais elle ne me pardonna. Pourtant je n'avais aucune intention sacrilège à l'égard du livre et mon respect était encore entier pour la parole imprimée, bien que je fusse revenue de pas mal d'illusions en ce qui concerne les blancs, en ayant connu plusieurs à Saint-Pierre. Et quiconque m'eût dit que tout n'était pas véridique dans les livres eût reçu les marques les plus parfaites de mon mépris. Rien ne put me faire abandonner ce « respect », pas même la destruction de Saint-Pierre qui m'engagea sur cinquante ans de solitude jusqu'à l'hospice où je suis arrivée.

*

* *

J'aurais dû rester où le sort m'avait mise, en bonne petite négresse qui ne regarde que ses orteils... tandis que... oh, tout ce long exil : toute cette existence qui ne fut qu'une dérisoire goutte de sueur *en bas tété à négresse* ! oui, sous le sein gauche d'une négresse. À jamais éloignée de sept mille kilomètres de mon âme, le crois-tu, chère Man Louise, si bonne à tout un chacun, ô toi qui inspira trois immortelles biguines, plus joyeuses qu'un envol de pipirits en soleil levant, le crois-tu ?... Et puisque le pays existe, qui m'en séparera, je te le demande, et puisque je suis encore vivante, moi, avec ton image à deux mètres du coffre à pain, entre le guichet de la cuisine et la première table déserte du réfectoire : ton image aussi parfaitement dessinée qu'une gravure ancienne, au temps passé...

Vois-tu, si j'étais restée au pays, je me dis que j'aurais peut-être engendré un deuxième fils qui aurait ensemencé les hauteurs du morne Pichevin : car c'est par son ventre qu'une femme sert le mieux sa terre natale. Et ce fils aurait été de tous les combats, afin de racheter un peu, si peu que rien, ce qui advint à sa mère et à la mère de sa mère, et aussi (pardonnez cette pensée, Man Louise), à la mère de sa mère de sa mère… jusqu'à la première génération de négresses bleues de la côte qui mit un pied nu et délié d'antilope dans la double boucle des fers !… Et poussant plus loin cette supposition, je me dis parfois que même s'il avait un cœur de poulpe, d'anolis vert, ou de cochon-planche, il aurait peut-être fini par engendrer un petit monde avec deux graines et une tige mieux plantée que la sienne entre les cuisses et qui aurait « travaillé » au nom de toute cette terre souffrante : ouaye !

Et si j'étais défunte aujourd'hui, à l'heure que je te parle, il se trouverait bien quelqu'un pour venir me voir au cimetière – ne serait-ce que le jour de la Toussaint. Et cette personne-là redresserait les conques de lambi chues de mon tertre ; et elle allumerait une bougie, sinon deux ; et elle se pencherait sur moi et prononcerait mon nom. Et peut-être même me réserverait-on une place à une table, dans quelque case du pays, ou bien la berceuse dans laquelle je balançais mes vieux os et que l'on garderait vide spécialement en mon honneur : afin que je puisse revenir prendre place parmi les miens, quoique invisible, quand je serais lasse de voyager au-dessus des nuages, entre ciel et terre, là où sont les âmes errantes des nègres.

Et si j'étais encore vivante, moi aussi je déverserais mon plein de contes dans les pupilles dilatées des enfants : et chacun déposerait son offrande dans le creux de ma chemise indienne. Et l'on me tiendrait au courant de tout ce qui se passe, afin de me retenir à la terre, et je me régalerais tant et si bien que.

Et d'ailleurs, et même si que l'on soit obligé de me jeter à l'hospice de Saint-Pierre… oui, même là ; aussi misérable que je sois, il se trouverait bien un autre vieux pour m'appeler par mon nom, de temps en temps – de par cette politesse qui les fait ainsi se confirmer leur mutuelle existence. Et quand cela arriverait, je saurais tout de suite qu'il s'agit de moi, que c'est véritablement ma personne qui est concernée. Et quand un inconnu me demanderait mon nom, je saurais aussitôt lui donner la bonne réponse : Mariotte, que je dirais à cet inconnu… Mon nom c'est tout bonnement Mariotte, par Notre-Dame Altagrâce et les bons anges… Oui, je saurais tout de suite comment répondre aux gens – alors que depuis cinquante ans, depuis que j'ai pris le chemin de l'exil, un flottement étrange se lève en moi et j'hésite, je cherche un instant, quand on me demande mon nom… comme si je ne savais que répondre à une aussi grande interrogation... ou que je n'eusse plus de nom, l'ayant oublié sur un rivage... ou comme si la seule réponse honnête et véritable eût été celle que fit ma pauvre bisaïeule : Mon nom est Solitude.

– Ne prononce pas ce nom, madame.

Extrait du Journal de Marie (suite)

Remous d'images, bref éclair. Je me tourne désespérément vers grand-mère, dans la case, et qui continue de se balancer, pipe en bouche, son pied atteint d'éléphantiasis posé sagement sur le barreau inférieur de sa berceuse. Elle ne semble pas me voir. Ses yeux glauques se dirigent maintenant vers une silhouette qui se dessine petit à petit devant la case. Je reconnais sous l'immense chapeau de paille bakoua les traits las et pensifs de Milo qui s'éclairent en voyant grand-mère.

– Ah, dit-il, petite Man Louise, vous attendez donc un beau galant que vous êtes toute seulette sous la véranda ? Eh bien, révérence parler, mettez-moi en premier sur la liste !

– Milo, mon cher, minaude-t-elle d'un air faussement dégoûté : finissez avec ces impertinences ! Un homme comme toi n'est pas digne de me parler...

Et tous deux éclatent de rire. Milo est un de mes présumés pères ; il partage avec trois ou quatre bougres de son espèce cet honneur sans obligations. Quand il me rencontre, il tâte affectueusement mes joues, puis il me renvoie cérémonieusement, disant : Petit monde, es-tu bien de mon sang ? Qu'importe, les grandes personnes mangent du raisin vert et une petite fille paraît.

Pour l'heure, il ne semble pas me reconnaître ni même se douter de ma présence sous la véranda. Grand-mère tire une bouffée, crache et dit :

– Tu es un bon nègre, Milo, et si les poules ne te prennent pas pour un cafard, tu arriveras au bout de ton temps sans trop de coups de bec. Mais sois rassuré, je viendrai rafraîchir tes muscles fracassés, et chaque fois tu renaîtras.

– Grand merci pour vos bonnes paroles, Man Louise, mais dites-moi : vous pensez que vous en avez pour longtemps ?

– Oh non, ne crois pas ça, mon bougre, je partirai sûrement avant la saison des pluies. Mais... pourquoi ? Es-tu donc si pressé de me voir entre quatre planches ?

Et enchantée de sa propre malice, grand-mère fait vigoureusement claquer sa glotte contre l'arrière-gorge, comme si elle eût effectivement interprété ainsi les paroles de Milo.

– C'est-y que vous cherchez à me faire de la peine, Man Louise ? Mais non, mais non, prenez-moi à mon désir, faites-moi cette faveur : Hortensia, que vous lui fassiez jurer de me laisser venir à votre veillée funéraire... Le savez-vous qu'elle est fâchée contre moi, le savez-vous ?

– Veux-tu donc qu'elle te sourie, Hortensia, prétends-tu voir les dents de la fiancée quand tu lui promets de la mettre en case pour finalement te coller à cette petite coolie du morne Rouge ?

– Aye que vous êtes savante, beaucoup trop savante, Man Louise. Mais que voulez-vous, c'est l'amour.

– Et avec Annonciade aussi, c'est l'amour ?... Car il est bien de toi, l'enfant d'Annonciade, ou alors mon cher dites-moi que c'est un vent porteur de graines d'homme qui est entré en elle, hein, Lucifer que vous êtes ?

– Pour dire la vérité, Man Louise, j'y ai mis de ma graine, oui. Mais j'étais pas le seul à danser les Roses, le soir, pendant la saison des cannes ; deux autres au moins n'ont pas jeté leur semence à la mer !

– Voyez-moi cette langue pourrie ; que fait-il donc sur la terre, l'ensemenceur ? Fustigez-le, fusillez-le, l'Éternel !

Frappant sa poitrine, le dos ployé, Milo prend un air de tristesse infinie et se met à marmotter des paroles confuses, comme quoi on ne pouvait lui mettre sur le dos la flopée de bâtards qui couraient dans cette case. Il dit aussi que ce n'était pas de sa faute s'il était un bon coq, *et d'une* ; et que les poules de Man Louise n'étaient pas bien attachées, *et de deux*.

– Et comment veux-tu que je les attache ? dit grand-mère.

– Et moi, que voulez-vous que j'attache ? dit Milo, hilare et triomphant.

Grand-mère éclate de rire :

– Allons, je te promets de parler doux sirop à Hortensia, mais à une condition : c'est que tu ne nous amènes plus de petits mondes dans cette case. Allez, jure-le-moi.

– Jurer, jurer… fait Milo. L'homme propose, et Dieu dispose. Mais après tout la mère des Hommes n'est pas encore morte, Man Louise, elle n'est pas.

– La Terre tourne et elle voit l'ensemenceur, mais moi, dit Man Louise, c'est le parolier que je souhaite entendre à présent. Je te le demande comme une faveur, Milo : j'aimerais entendre, de mes oreilles vivantes, ce que tu raconteras à ma veillée.

Comme s'il n'attendait que cela, Milo redresse le col, et dans la semi-pénombre des tôles, je ne vois plus rien de nostr'homme d'avant, sinon un prince d'Afrique au regard placide, avec le cimier bambara en lieu et place du bakoua. Et d'une voix très grave, il entame la cérémonie :

– Le porc meurt...

et Man Louise poursuit en écho :

– ... et celui qui tue le porc meurt aussi.

Rêveusement, le diseur reprend :

– Aujourd'hui, tu es libre, libre de voguer où bon te semble, car tes chaînes sont tombées à jamais...

– ... c'est un bon gras petit début, dit grand-mère en tressaillant d'aise dans sa berceuse. Je t'écoute, je t'écoute...

– Ouvre bien tes deux oreilles, l'ancêtre, et ne tremble pas : je m'en vais t'offrir à l'assistance... avec ta permission.

– Tu sais bien, Milo, il n'y a pas de limites à la parole, pas de filet pour l'enfermer, elle avance et recule comme les aiguilles d'une montre ensorcelée.

Maintenant, le penseur regarde au loin tandis que sa bouche dévoile lentement ce qui se trouve sous le premier surnom de grand-mère : Sauvée...

Évoquant la mère de Man Louise, la femme Solitude de Guadeloupe et son destin, il montre combien il s'en fallut de peu que Man Louise, le fruit de son ventre, ne vît jamais le jour.

Puis vint le deuxième surnom : Melon Doux, que le

griot attaqua en fermant les yeux, et en prévenant grand-mère d'une voix chuchotante de la chanson *Piment*, en l'honneur de ses légendaires frasques de jeunesse. Il s'était appuyé sur les confidences d'un vieux corps du morne des Esses parti lui depuis longtemps au Royaume de Vérité. Mais le malicieux vieillard avait pris le temps de lui chuchoter ceci : L'homme qui avait eu le privilège de le capter, ne serait-ce qu'une nuit, n'oubliait jamais le son que rendait sa guitare sous les étoiles. Sur le sujet, assure Milo perfidement, il y en aurait tant à dire, tant et tant qu'une seule veillée n'y suffirait pas. Ce qui était certain, c'est que sa biguine *Piment* accompagnerait Man Louise jusqu'au centre de la Terre, et que la mélodie serait si chaude qu'elle en brûlerait un plein pied de piments. Grand-mère ne se tient plus de contentement et s'écrie en battant des mains :

– Bravo, Milo, Milo le bienheureux, l'homme qui fait monter la sève aux pierres !... En vérité, tu as sept péchés capitaux dans ton corps, mais aussi sept anges dans ton cœur qui balaient tout ce fatras...

« Et la suite, tu ne l'oublieras pas ? Mon troisième surnom et mon couronnement : Man Z'abeilles ? Je veux que tu leur parles de ma patience : de ma patience à faire cuire une pierre jusqu'à ce qu'il en sorte du bouillon... Comment j'ai élevé mes trois filles toute seulette, sans qu'il y ait d'homme pour venir porter la main sur aucune des petites bestioles qui vivent dans cette ruche… Toute seulette, Milo, pleine à ras bord de lave et de foudre… tu le sais…

– La mère, taisez-vous, dit Milo. Je suis dans l'iniquité mais je vois le bien. Et il y en aurait autant à dire sur Man Z'abeilles que sur vos deux autres surnoms. Et croyez bien que toute personne présente à votre veillée saura qui est passé sur cette boule-là et qui s'en est allé…

– Ah, l'Éternel, regardez-moi ce lion sauvage. N'est-ce pas un pareil que j'aurais souhaité si tous mes fils n'avaient pas été vendus ? Cher homme, retournez chez votre z'Indienne, et soyez heureux… si Dieu le veut !…

Milo s'en va sur un éclat de rire tendre, mitigé, qui secoue l'air immobile et bleu comme un grand coup de rame ; et je l'entends fredonner la biguine sucrée conçue en l'honneur de sa Coolie :

Kuémwen, ban mwen Ninon…

*

* *

Je distingue plus nettement le profil un peu léonin de grand-mère, par terre, étalée comme une caouane que les hommes ont retournée sur le dos. Elle gît maintenant sur le sol, sa pipe à ses côtés. J'entends cette voix cassée, ancienne, un peu menaçante qui coule dans mes veines depuis l'enfance. Chacune de ses paroles, chacun de ses regards, chacune de ses expressions entre en moi et s'y installe de façon définitive. Elle réclame sans arrêt ses filles, pourtant autour d'elle, mais qu'elle ne reconnaît pas. Et moman s'empare d'un bras, tante Cydalise de l'autre, tante Cléonie de la tête, et les petits mondes des jambes, des pieds, convoyant ainsi Man Louise à l'intérieur de sa case. Cependant que madame Tété lui fait respirer du rhum camphré, les voisins jurent à la gisante qu'il s'agit bien de Cléonie, d'Hortensia, de Cydalise, ses filles, ses filles, ses filles. Un très vieil homme surgit de nulle part et entreprend de dégager les quatre points cardinaux, afin d'ouvrir le passage à l'âme de l'« enfant sauvée ». Et Man Louise s'assoupit, l'espace d'un instant, pour aussitôt ouvrir les yeux et pleurnicher, disant que son heure avait sonné pour lever l'ancre vers l'autre bord, et que voilà : elle partirait aussi piètrement qu'elle s'en était venue, toute indécente et en haillons, qu'elle mourrait les yeux grands ouverts sur ce regret. Aidée de la marmaille et de madame Tété, moman coursait déjà le cochon-planche, le saignait, le détaillait par lots que nous rangions sur des feuilles de bananier agencées sur des trays. Et à la demande de moman, grand-mère promit solennellement de garder son souffle jusqu'à notre retour de Saint-Pierre, où nous nous dirigeâmes, pour vendre cette belle viande de porc, afin d'offrir à la mourante un vêtement tout neuf et convenable pour ne pas offenser Dieu. Et nous dégringolâmes le sentier, moman en tête, puis madame Tété, et moi fermant la marche, Ti Molocoy, le dernier de tante Cydalise accroché à mon dos.

*

* *

Le soleil était à deux mains de l'horizon quand nous sommes remontés au morne Pichevin. Man Louise était toujours vivante, plus vivante même qu'avant notre départ, car son tibia s'était calmé. Moman entra avec la chemise de nuit étalée sur son propre corps, et Man Louise demanda qu'on lui fît une toilette complète, afin qu'elle puisse endosser sa tenue de départ. Les hommes sortirent, on fit chauffer de l'eau, on habilla Man Louise, on la lotionna, on la coiffa, on la poudra. Elle respirait paisiblement, comme si de rien n'était, tout à la pensée de son cercueil pénétrant par la grande porte dans le chœur de l'église pour recevoir la bénédiction du curé devant Dieu et les saints, au lieu du chiche signe de croix pratiqué à la hâte sur le cercueil des personnes non mariées au parvis de la maison de Dieu. Mais c'était un dernier mensonge que moman avait pris sur elle d'offrir à Man Louise pour qu'elle s'en aille les yeux fermés. Ti Molocoy se traînait sur le ventre dans un angle de la case, et la plupart des autres enfants s'ébattaient alentour. Une mèche trempée dans l'huile de carapate luisait dans la pénombre, qui s'était amassée autour de Man Louise, toujours couchée sur son grabat, avec autour d'elle une dizaine de personnes dont les unes étaient assises sur des escabeaux qu'elles avaient apportés du dehors, et les autres tout bonnement sur leurs talons. Le vieil inconnu était revenu, et lui avait préparé de quoi apaiser la douleur de son fémur, et toutes les autres douleurs qui accompagnent la fin. Elle nageait dans une béatitude étrange, semblable à une morte si l'on considérait sa chemise de nuit neuve, avec le plastron en nid-d'abeilles, ses cheveux lustrés, tressés, les boucles d'oreilles en écaille, et ses pieds qui dépassaient du long vêtement de percale blanche, et dont la corne avait été poncée, de sorte que Man Louise était quasiment « prête », comme elle disait, ayant tenu elle-même, par une méfiance profonde pour la nouvelle génération de « libres », à surveiller elle-même sa toilette funèbre ; et semblable, Man Louise, à une fiancée, si l'on considérait le demi-sourire permanent qui s'était logé sur sa bouche, sur ses yeux, et probablement sur son cœur, satisfaite de tout et des « bonnes manières » de l'entourage à son égard, elle jubilait.

Alors moman se tourna vers Milo qui arrivait et, le priant d'avancer, elle lui dit en souriant :

– Je m'excuse de t'avoir dérangé, *missié-la*, puisque Man Louise est encore en vie. Mais elle a insisté pour qu'on te prévienne avant qu'elle ne meure. Elle était fort mal, tantôt, et j'ai bien cru que cette fois-ci elle allait connaître l'autre monde ; mais vois comme elle s'accroche à la vie, c'est une vicieuse, regarde-la rire, elle comprend tout et elle possède toutes ses facultés, elle a une mémoire merveilleuse. Elle m'a demandé de t'envoyer chercher pendant qu'elle avait encore la parole afin que tu la voies dans sa pleine lucidité. Regarde, toute couchée, elle fait encore marcher la case !

Et Milo dit tendrement :

– Alors, Man Z'abeilles, tu ne veux donc pas partir ?

Et au sourire de la moribonde, je compris qu'il n'avait pas osé l'appeler Melon Doux, devant toute cette jeunesse, mais que l'intention y était. Et elle répondit, d'un air flatté, important, avec une ombre de pédanterie :

– L'attaque était grave, mais ça ne sera pas encore pour cette fois-ci. Je m'en vais l'âme en paix, j'ai bien vécu, je suis contente. Mon cher, c'était hier la Saint-Émile, donc ta fête. Et demain, c'est la Saint-Michel, il y aura un beau sermon à la messe en l'honneur de ce valeureux. Ah, si seulement le curé...

L'interrompant aussitôt, toutes les commères s'écrièrent :

– Quelle femme, on voit bien la vie qu'elle a menée pour avoir une tant belle fin : un vrai couronnement ! Il y a des gens qui n'arrivent pas à rendre l'âme, qui agonisent des jours entiers dans des souffrances horribles, car ils ont mené une vie déréglée. Certains départs sont si pénibles, mais voyez, quand on a bien vécu, cela se fait tout seul, n'est-ce pas Man Louise ? a insisté madame Tété assise sur son gros derrière à la tête de Man Louise qu'elle ne cessait d'aérer avec une feuille de latanier, autant pour occuper sa peine que pour chasser les premiers moustiques du soir.

– Tu as raison, ma bonne Tété, dit grand-mère. Tu as aussi raison que tes seins portent de lait, et souviens-toi que même quand ta poitrine sera aussi plate que la mienne, il coulera encore du lait dans ton cœur. C'est moi qui te le dis et c'est la parole d'une morte. Mais sois sans crainte, vis bien, tu es jeune et tu en as encore pour longtemps.

Madame Tété lui répondit, bien distinctement, car

elle venait de voir se poser la griffe de la mort sur la bouche soudain contractée de Man Louise, dont la lèvre inférieure battait sans qu'elle s'en rende compte :

– Il n'y a pas d'âge pour quitter la ronde, Man Louise à nous chère. Songez à notre petite voisine de trente ans qui a laissé sept petits mondes. La décision vient d'en haut, et peut-être vivrez-vous encore bien du temps. Cloïse a le même âge que vous et trois fractures. Je suis venue la voir lors d'une chute, croyant qu'elle rendrait l'âme, eh bien elle a encore tenu deux ans et demi !

Et Man Louise murmura d'une voix si faible que ceux qui n'étaient pas à la tête du lit ne pouvaient pas l'entendre :

– Je ne suis pas Cloïse. Ce n'est pas pour cette fois-ci, mais je ne ferai sûrement pas comme elle, je le sens. Attends un instant...

Toutes les personnes assises se sont redressées pour mieux voir s'envoler le dernier souffle de grand-mère qui semblait violemment se concentrer sur une pensée, puis soupira, les yeux grands ouverts, d'une voix déçue :

– Ah non, ça n'y est pas...

Les derrières se sont alors reposés sur les escabeaux avec discipline, et à cet instant précis j'ai vu sur le visage de Man Louise une expression de curiosité extrême, d'intérêt profond.

– Ça y est... ça y est, murmura-t-elle enfin.

Puis elle s'est tue ; et, presque aussitôt, chacune des personnes présentes a commencé les litanies d'usage, accompagnées de pleurs, de cris, ou de simples soupirs selon le degré précis de parenté ou d'affection qui les reliaient à la morte. J'étais fascinée par les yeux de grand-mère dont les prunelles noires semblaient ouvertes sur un gouffre ; et lorsque je me détournais d'elle, apeurée, je découvrais un gouffre identique en moi-même, et j'avais l'impression d'y choir interminablement, aspirée, prise de vertige.

Alertés par les cris, les autres enfants s'élancèrent à l'intérieur, avec des hurlements de bêtes qui ne devaient rien à la convention mortuaire. Soudain, mon regard fut attiré par une petite fourmi folle qui grimpait sur le col de la chemise de grand-mère, gagnait son cou, remontait la mâchoire... Quand je la vis pénétrer dans une narine, il était trop tard pour l'en empêcher.

J'ai essayé de toutes mes forces de me souvenir de ce qui s'était passé ensuite, après que la fourmi folle eut pénétré dans la narine de grand-mère, mais je revoyais seulement mon attente angoissée de ne pas voir grand-mère éternuer, puis ce sentiment de scandale qui recouvrait tout. Quant au reste, la veillée qui suivit, la journée du lendemain, l'enterrement avec la bénédiction sur le parvis de l'église, tout avait disparu de ma mémoire, comme balayé par une rafale obscure ; et de la vision de la fourmi je passais insensiblement au souvenir de la visite rendue au cadavre, le lendemain soir, après l'enterrement, seule, terrorisée par l'ombre des morts, mais attirée irrésistiblement devant le tertre de terre fraîche encore luisante, où Man Louise se tenait paisiblement, attendant, comme elle avait fait toute sa vie, la suite réglementaire des choses, et qui était qu'elle gagnerait le monde des esprits dans trois jours, si une décision favorable intervenait à son sujet.

Déjà, en entrant dans le cimetière désert, la crainte me faisait haleter d'effroi, mais quand je fus devant son tertre, d'où je savais qu'elle regardait mes faits et gestes, en soulevant peut-être avec mépris sa lippe insensible pour moi, l'épouvante me paralysa. Cependant j'ouvris la bouche et crachai sur grand-mère, un jet maigre de salive dont une goutte, peut-être, l'atteignit. Puis, afin de la défier jusque dans la tombe, pour qu'elle sache qu'elle ne m'avait pas matée, j'ai piétiné le sol, en mesure, comme font les danseuses de n'goka, et j'ai commencé à chanter d'une voix frêle, agonisante, la vieille chanson qui venait de Guadeloupe et que certains anciens fredonnaient, le soir, aux veillées, quand l'amertume de la journée faisait monter le goût de blasphème à leur bouche :

Son nom c'est la Misère,
Son nom c'est Quatre-Piquet.
Et moi je vous dis que cette femme-là se nommait Solitude !

À ce moment, la pensée que grand-mère m'écoutait, aussi impuissante dans la mort que dans la vie, me désarçonna. Et tout en continuant à piétiner le sol de l'allée, je sentis que mes yeux s'aveuglaient de larmes coulant jusque dans ma bouche. Cependant je réussis à ne pas sangloter, ce qui me fit espérer qu'elle attribuerait mes larmes à la crainte des morts, et non pas à la tendresse obstinée, secrète, que j'avais eue pour elle, de son vivant, et qui me submergeait, cependant que je recouvrais le tertre de mon corps vivant, mort, lui aussi, je ne savais même plus.

... S'il vous plaît, permettez-moi, une dernière fois, de rêver ah, de rêver... À quoi donc, ma pauvre vieille ? Il est sept heures moins le quart, la cloche va sonner dans quelques minutes, et je constate que tu as gâché cette précieuse journée en un songe, alors qu'il te reste si peu de temps, quelques mois peut-être, ou quelques semaines, pour livrer tes souvenirs véritables, chauds et poisseux comme il se doit, coulant à flots épais dans le réseau des phrases... – Mea culpa... – Qu'est-ce ?... – Rien, rien du tout : sinon que je me demande si ces songeries ne sont pas elles-mêmes... aussi chaudes et poisseuses... amères... car des souvenirs réels ont-ils plus de poids qu'une fantaisie inlassablement reprise, arrangée, puis replongée dans le plasma nourricier du cœur... durant quarante ans ?

À vrai dire, tout ce que je souhaite, c'est seulement de temps à autre passer un petit moment avec certaines personnes défuntes. Je n'ai plus guère la prétention, comme dans les années vingt, de les ressusciter. Quand à faire valser les montagnes, mon Dieu, toutes mes écritures ne susciteraient pas une ride dans l'eau. Mais ça me fait un bien étrange d'écrire des choses pareilles, si illusoires soient-elles. C'est comme si je taillais des marches dans l'air. À condition de se faire légère, légère, et de ne pas marquer la moindre hésitation, on peut les gravir tranquillement, sans crainte. Et puis quand on le redescend, cet escalier, comme je le fais maintenant, on ne se sent pas du tout gêné d'avoir escaladé le vent. On écarquille les yeux, d'un air incrédule, et l'on éprouve une sorte d'envie de sourire.

Du même auteur

Simone Schwarz-Bart

Pluie et vent sur Télumée Miracle
roman
Seuil, 1972
et « Points », n° P39

Ti Jean L'horizon
Seuil, 1979
et « Points », n° P474

Ton beau capitaine
Théâtre
Seuil, 1987

André Schwarz-Bart

Le Dernier des Justes
prix Goncourt 1959
roman
Seuil, 1959
et « Points », n° P217

La Mulâtresse Solitude
roman
Seuil, 1972
et « Points », n° P302

L'Étoile du matin
roman
Seuil, 2009
et « Points » n° P2505

Simone et André Schwarz-Bart

Un plat de porc aux bananes vertes
roman, 1967
et « Points », n° P314

RÉALISATION : NORD COMPO À VILLENEUVE-D'ASCQ
IMPRESSION : CPI FIRMIN-DIDOT À MESNIL-SUR-L'ESTRÉE
DÉPÔT LÉGAL : FÉVRIER 2015. N° 122664 (126075)
– *Imprimé en France* –